El ojo de cristal

Charlie saldrá esta noche

Colección dirigida por

Francisco Antón

Cornell Woolrich

El ojo de cristal
Charlie saldrá esta noche

Ilustraciones
Tha

Traducción
Jordi Arbonès

Actividades
Josep Santamaría

Vicens Vives

Primera edición, 2000
Reimpresiones, 2001, 2002, 2003, 2004, 2005
2005, 2006, 2007, 2008, 2009, 2010, 2010, 2011, 2012
2013, 2015, 2016, 2017, 2019, 2021, 2021, 2022, 2023, 2024
Vigesimoquinta reimpresión, 2025

DL B 37.206-2011
ISBN: 978-84-316-5358-3
Núm. de Orden V.V.: VK52

Índice

El ojo de cristal

uando se hacen cambios, la gracia está en comenzar con poco y terminar con algo que valga la pena. Aquel día salí de casa con una hebilla rota y un trozo de alambre y se los cambié a un chico llamado Miller por una armónica aplastada. Más tarde, canjeé[1] la armónica por una navaja sin cuchilla y, hacia las siete de la tarde, mi capital original se había convertido en una pelota de béisbol a la que solo le faltaba el forro de cuero, así que me dije a mí mismo que había tenido un día muy bueno. Claro que a esas horas ya debería haber estado en casa, pero eso del canje lleva mucho tiempo y le obliga a uno a patearse de arriba abajo las calles de media ciudad.

Estaba a punto de llegar a un acuerdo en una operación con Scanlon cuando vi que mi padre venía a buscarme. Se encontraba todavía a un par de manzanas, pero caminaba muy deprisa, como siempre que estaba enfadado, y no es nada fácil mantener el buen criterio comercial cuando uno tiene que cerrar un trato a todo correr. Supongo que por eso dejé que Scan-

---

1 **canjeé**: cambié.

lon me convenciera para cambiar mi pelota de béisbol por aquella porquería. Era un viejo ojo de cristal que debía de haber encontrado rebuscando en la basura.

—¡Ni hablar! —dije con decisión—. ¡Ese chisme no vale ni medio centavo!

Pero, como al mirar por encima del hombro vi que el broncas de mi padre apretaba el paso, comprendí que no tenía tiempo de andarme con remilgos.[2]

Scanlon se dio cuenta de que me tenía bien pillado.

—¿Lo quieres o no? —insistió.

—Muy bien, tú ganas —gruñí, y le cambié la pelota por el ojo de cristal.

No tuve tiempo de decir nada más antes del chaparrón. Mi padre me agarró por el pescuezo, me hizo girar en dirección a casa y me obligó a caminar a toda prisa, aunque solo a la mi-

---

2 **remilgo**: gesto o reparo con que alguien expresa que no le gusta algo.

tad de mi velocidad habitual. En realidad, lo que me fastidia-
ba no era que me arrastrase cogido del pescuezo, sino que me
largara un sermón inaguantable. No sé por qué, pero los padres tienen esa mala costumbre.

—¿Es que no tengo ya bastantes problemas como para tener que salir a buscarte por todo el vecindario cada vez que
llego a casa? —decía—. Tu madre se ha pasado horas y horas
llamándote por la ventana a grito pelado, pero a ti no hay
quien te eche el guante. ¿Es que no sabes la hora que es?

Y todo ese rollo. Tuve que aguantar la monserga unas cinco
manzanas, hasta que llegamos a casa, pero por el camino yo
tan solo pensaba en lo idiota que había sido dejándome esta-
far por Scanlon, así que el sermón de mi padre me entraba
por un oído y me salía por el otro.

La verdad es que nunca lo había visto tan enfadado. Por lo
menos, no desde el día en que me cargué el escaparate de la
tienda de chucherías. La mayoría de las veces, cuando tenía
que salir a buscarme, si yo y mis amigos estábamos jugando al
béisbol, él se ponía a jugar con nosotros un rato; luego me gui-
ñaba el ojo para que nos fuéramos y, cuando llegábamos a casa, simulaba que me reñía delante de mamá. Ya a solas, solía
decirme que él también había tenido doce años, y que se acordaba muy bien de las cosas que le gustaba hacer entonces. Eso
demuestra que tenía buena memoria, porque no es fácil acor-
darse de algo que pasó hace veintitrés años. Sin embargo,
aquella noche cogió un buen cabreo y me pegó una bronca im-
presionante. Pero yo me di cuenta de que en realidad no estaba enfadado por mi culpa, sino por alguna otra cosa.

Al final de la cena, mi madre también lo notó.

—¿Qué te pasa, Frank? —le dijo—. No me digas que no te
pasa nada porque no me chupo el dedo.

Sin levantar la cabeza, mi padre trazaba rayas en el mantel con el mango del tenedor.

—Me han degradado[3] —respondió.

Como siempre, me pasé de listo, porque quise meter baza enseguida y eso me impidió seguir escuchando la conversación.

—¿Qué quiere decir "degradado", papá? —pregunté—. ¿Es como cuando te ponen al fondo de la clase en el colegio? ¿Cómo pueden hacerte eso a ti, papá?

Mamá se dio media vuelta y me dijo a voz en grito:

—¡Tú, Frankie, vete al salón a hacer los deberes!

Pero antes de cerrar la puerta, oí que le decía a mi padre con voz preocupada:

—No te habrán puesto de nuevo a dirigir el tráfico, ¿verdad?

—No —respondió mi padre—, pero casi.

Cuando salieron del comedor al cabo de un rato, los dos estaban muy desanimados. Parecía como si me hubiera vuelto invisible, y ni siquiera se dieron cuenta de que tenía escondido un tebeo dentro del libro de geografía.

—Supongo que ahora tendremos que mudarnos de casa —dijo mamá.

—Me parece que sí —respondió mi padre—, porque la diferencia de sueldo es bastante grande.

Al oír aquello, presté atención a lo que decían. No me hacía gracia tener que cambiarme de casa, y menos ahora que acababa de convertirme en el mejor jugador de canicas de aquel barrio.

—Lo que más me duele —comentó papá— es que no hay en mi hoja de servicios nada contra mí. Mi propio jefe ha recono-

---

3 **me han degradado**: me han bajado de categoría.

cido que me han tomado como chivo expiatorio.[4] Cada vez que al comisario se le mete en la cabeza que hay que ser más eficientes[5] en el Departamento, alguien tiene que pagar el pato. A eso lo llaman "librarse de un peso muerto". Y todo aquel que no ha resuelto seis casos sin ayuda de nadie es un peso muerto.

—Bueno —dijo mamá—, quizá dentro de un tiempo te repongan[6] en el cargo que tienes ahora.

—No —replicó él—, la única cosa que puede salvarme es un golpe de suerte. Ojalá surgiera de repente un caso que me permitiera lucirme, porque, de lo contrario, en cuanto el comisario firme la orden me echarán del departamento de Homicidios. Y entonces se acabaron todas mis oportunidades: no me ocuparé más que de detener borrachos y carteristas. Lo que me haría falta es resolver un crimen complicado para dejarlos a todos boquiabiertos.

«Ojalá supiera de alguno para poder decírselo», pensé. Pero ¿qué posibilidades tiene un chico de doce años de enterarse de dónde se ha cometido un asesinato, y del que, además, nadie supiera nada para que mi padre pudiese resolverlo por sí solo? Ni siquiera tenía la más remota idea de cómo comenzar a buscar el cadáver, como no fuera detrás de los carteles de anuncios o en solares desiertos. Pero yo ya sabía que en esos sitios no había ninguno; alguna vez me había encontrado con un gato muerto en algún descampado, pero jamás con un cadáver como Dios manda. Así que me iba a resultar muy difícil ayudar a mi padre.

---

4 **chivo expiatorio**: o *cabeza de turco*, persona a la que se escoge para que cargue con las culpas de algo, aunque sea inocente.

5 **eficientes**: competentes, que hacen las cosas bien y en poco tiempo.

6 **te repongan en el cargo**: te devuelvan el cargo o la categoría.

A la mañana siguiente, aproveché un despiste de mi madre para preguntarle a papá:

—Oye, papá, ¿cómo se sabe cuándo se ha cometido un asesinato?

Él siguió leyendo el periódico sin hacerme mucho caso.

—Pues cuando se descubre un cadáver.

—Pero supongamos —dije yo— que el asesino ha escondido el cadáver en algún lugar que nadie conoce: ¿cómo se sabe entonces que se ha cometido un asesinato?

—Bueno, si alguien desaparece y sus familiares y amigos pasan algún tiempo sin verlo, entonces la policía empieza a investigar.

—Pero ¿y si nadie se ha dado cuenta de que esa persona ha desaparecido? ¿Cómo se sabe entonces en qué lugar hay que buscar el cadáver?

—Si nadie denuncia una desaparición, la policía no busca el cadáver, a no ser que encuentren alguna pista.

—¡Ah, una pista!… —exclamé—. ¿Y cómo se sabe que uno tiene una pista?

—Una pista puede ser cualquier cosa, un objeto cualquiera que se encuentre en un lugar que no le corresponde. No sé, Frankie, es muy difícil de explicar. A veces una pista es algo que pertenece a una persona y que la policía encuentra en un lugar adonde no ha ido esa persona; entonces te preguntas cómo habrá llegado aquello hasta allí y por qué no está en el sitio que le corresponde.

Mamá volvió justo en aquel momento, de modo que mi padre dijo:

—Lo que tienes que hacer es quitarte esas cosas de la cabeza y concentrarte en los deberes de la escuela. Las últimas notas que trajiste no eran lo que se dice muy brillantes.

Después, añadió como si hablara consigo mismo:

—Con un fracasado en la familia ya es suficiente.

Caramba, me sentí fatal cuando dijo aquello. Supongo que mamá también lo oyó, porque le puso una mano en el hombro y se lo apretó con fuerza, sin decir nada.

Al día siguiente fui a ver a Scanlon al salir del colegio para preguntarle acerca del ojo de cristal que la tarde anterior le había cambiado por la pelota. Era lo más parecido que tenía a una pista, así que no dejaba de pensar en el ojo.

Lo saqué del bolsillo, lo miré con calma y dije:

—Scanny, ¿crees que alguien lo habrá usado? Quiero decir si realmente lo llevaba en la cara.

—¿Y yo qué sé? Me imagino que el que lo compró se lo pondría. Si no, ¿para qué te piensas que los fabrican?

—Sí, claro, pero ¿por qué dejó de usarlo y lo tiró a la basura? Digo yo que el ojo de verdad no le habrá vuelto a salir.

—Supongo que se compró uno nuevo y por eso ya no quería el viejo.

—¡Qué va! —exclamé—. Un ojo de cristal es para toda la vida. Cuando tienes uno, ya no necesitas otro, a no ser que se te caiga y se haga pedazos o que se te raje por la mitad. Y ya ves que este está perfecto. Además, con esto no se ve ni cuando está nuevo; la gente tan solo se los pone para que los demás no sepan que les falta un ojo. Y, estando como nuevo, ¿para qué querría nadie cambiarlo por otro?

Scanlon se rascó la cabeza sin saber qué responderme y yo seguí pensando en el asunto. Cuantas más vueltas le daba más nervioso me ponía.

—¿Crees que le pasó algo al tipo que lo usaba? —murmuré.

En realidad quería decir si pensaba que podrían haberlo asesinado, pero no lo dije a las claras porque tenía miedo de que Scanny se riera de mí. Además, no tenía sentido que un asesino le birlase a alguien el ojo de cristal después de haberlo matado para luego arrojarlo a la basura.

Recordé lo que mi padre me había dicho aquella mañana: «Una pista puede ser un objeto cualquiera que se encuentre en un lugar que no le corresponde». Si aquel ojo no era una pista, ¿entonces qué demonios era? Pensé que tal vez podría ayudar a mi padre si descubría un asesinato del que nadie estuviera al tanto y corría a contárselo. Entonces seguro que lo re..., como se dijera.

Pero para averiguar a quién pertenecía el ojo, primero tenía que saber de dónde había salido.

—¿Dónde lo encontraste, Scan?[7]

—En ningún sitio. ¿Quién te ha dicho que lo encontré? Me lo cambió un chaval del mismo modo que yo te lo cambié a ti.

—¿Quién era ese chaval?

—¿Cómo quieres que lo sepa? No lo había visto en mi vida. Solo sé que vive al otro lado de la fábrica de gas, en el peor barrio de toda la ciudad.

—Pues vamos a buscarlo —dije—, porque quiero preguntarle de dónde sacó el ojo.

—Vamos, si quieres —respondió Scanlon—; te apuesto a que soy capaz de encontrarlo en menos que canta un gallo. Era un renacuajo, y no tenía ni idea de cambiar cosas. Lo desplumé tan rápido como a ti; por eso tuvo que entrar en la tienda de su padre y traerme el ojo, porque ya no le quedaba nada más para cambiar.

Me sentí algo decepcionado. Después de todo, quizá aquel ojo no fuera una pista útil.

—¿Es que su padre vende ojos de cristal?

—¡Qué dices! Su padre se dedica a planchar pantalones.

Aquello me dejó algo más tranquilo; pensé que tal vez iba por buen camino y tenía en las manos una pista de verdad.

---

7 **Scan**: forma abreviada de Scanlon, como en español podemos decir *Javi* por Javier.

Cuando llegamos al otro lado de la fábrica de gas, Scanny dijo:

—Aquí es donde estuvimos cambiando cosas. No sé dónde queda la tienda de su padre, pero no debe de estar lejos, porque el chaval no tardó ni un minuto en ir y volver.

Scan se alejó hasta la esquina, echó una ojeada a la calle siguiente y luego gritó:

—¡Ya lo veo! ¡Está allí!

Luego se metió dos dedos en la boca y lanzó un silbido. A los dos segundos un chaval moreno y bajito dobló la esquina. Nada más ver a Scanlon, se puso a discutir con él.

—Tienes que devolverme lo que te traje de la tienda ayer. Mi padre me pegó una paliza por haberlo cogido de la tabla de planchar. Dice que el cliente puede volver y reclamarlo, ¿y qué le va a decir él entonces?

—¿Sabes de dónde lo sacó tu padre? —pregunté yo con la voz recia que le suponía a mi padre cuando interrogaba a los sospechosos.

—Pues claro que lo sé. Estaba en un traje que le dejaron para que lo limpiase.

—¿En el bolsillo?

—No; lo encontró en la vuelta del pantalón. Estaba muy abierta porque se había descosido.

—¿En la vuelta? —exclamó Scanlon—. ¡Menudo sitio para llevar un ojo de cristal!

—Mira que eres tonto —dije con impaciencia—. El tipo no sabía que estaba allí. Debió de metérsele en la vuelta sin que se diera cuenta. La prueba está en que llevó el traje a planchar sin sacar el ojo.

—¡Eso no puede ser! —dijo Scanlon—. La gente no pierde las cosas en la vuelta de los pantalones.

—Claro que sí —respondí yo—. Una vez a mi padre se le cayó una moneda y no la oyó tintinear en el suelo; la buscó por todas partes y no consiguió encontrarla. Luego, por la noche, cuando se quitó los pantalones, la moneda cayó de la vuelta. Mi padre la había llevado encima durante todo el santo día sin darse cuenta.

El hijo del tintorero me dio la razón:

—Eso pasa muchas veces. Mi padre se ha encontrado de todo en la vuelta de los pantalones, porque algunos ni se enteran de que se les ha colado algo. Eso depende de cómo se quiten los pantalones: hay varias formas de hacerlo, yo lo he visto en la tintorería cuando la gente se los prueba. La mayoría se los quita tirando por la parte de abajo y, como luego los le-

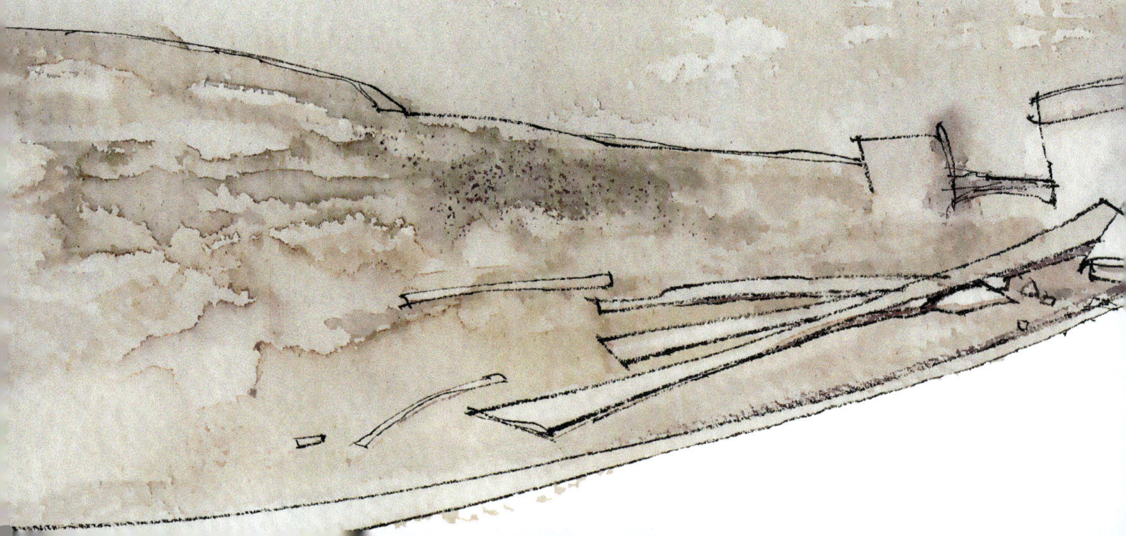

vantan cogiéndolos por el mismo sitio, si hay algo en la vuelta cae rodando al suelo. Pero a los que se quitan los pantalones dejándolos caer y luego sacan los pies dando un paso, se les puede perder cualquier cosa en la vuelta sin que se enteren.

Tuve que reconocer que el chico no tenía un pelo de tonto, a pesar de que su padre fuese tintorero, y no detective como el mío.

Entonces pensé que la única manera de que una cosa como aquella pudiese caer en la vuelta de un pantalón sin que el que lo llevaba se diese cuenta era desde poca altura. Podía ser, por ejemplo, que el dueño del ojo estuviese tirado en el suelo junto a los pies del que llevaba el pantalón y el del pantalón se hubiera inclinado sobre el tuerto para golpearle o algo así. Quizá el dueño del ojo había sido asesinado y en tal caso yo podría ayudar a mi padre. Pero primero tenía que averiguar de dónde había salido aquel ojo de cristal, así que le dije al hijo del tintorero:

—¿Crees que ese tipo volverá, el que dejó el traje?

Si en realidad había asesinado a alguien, tal vez no volvería. Pero si no pensaba volver, ¿para qué había dejado el traje en la tintorería? Tenía que regresar, sin duda.

—Sí, mi padre le prometió que se lo tendría listo para esta noche —me contestó el chaval.

Me pregunté si habría manchas de sangre en el traje; pero supuse que no, pues en ese caso el tipo no lo habría llevado a la tintorería. Quizá se trataba de otra clase de asesinato, de uno de esos en los que no se derrama sangre.

—¿Podemos ir a echarle un vistazo?

El chico volvió a encogerse de hombros.

—Es un traje como todos los otros —dijo—. ¿Es que no has visto nunca un traje?

Yo no supe qué responder; pero el chico no se hizo de rogar:

—De acuerdo, ven conmigo si tienes ganas de verlo.

Doblamos la esquina y entramos en la tintorería de su padre. Era un local bastante pequeño, y se encontraba en el sótano, como la mayoría de las tiendas del barrio. El padre del chico era un hombrecillo no mucho más alto que yo o que Scanlon. Estaba envuelto en una nube de vapor que salía de la plancha que tenía en la mano.

—Aquí está —dijo el chico, y cogió la manga de un traje gris que estaba colgado en un perchero junto con otros dos o tres más. En la manga, tenía un pedacito de papel prendido con un alfiler que decía: «Paulsen – 75 centavos».

—¿No pone la dirección? —pregunté.

—Mi padre solo la pide cuando hay que ir a entregarlo a domicilio. Si vienen a traerlo y a recogerlo, basta con poner el nombre.

En aquel momento, el tintorero vio que estábamos manoseando el traje y se puso hecho una fiera. Se lanzó sobre nosotros agitando las manos, en una de las cuales todavía llevaba la plancha. No creo que quisiera pegarnos con ella, sino que se había olvidado de dejarla sobre la tabla, pero preferimos soltar el traje por si acaso.

—¡Quitad vuestras manazas de esa ropa limpia! ¿Me habéis oído? ¿Qué habéis venido a hacer aquí? ¡Venga, a la calle, largo de aquí!

Salimos corriendo, y el tintorero nos persiguió hasta la calle. Luego entró de nuevo en su taller, y yo le dije a su hijo, que se llamaba Sammy:

—¿Quieres estas cinco canicas que tengo aquí?

El chico las examinó. No eran tan buenas como otras que yo tenía en casa, pero seguramente eran mejores que las que solían comprarle a él.

—Pues claro que las quiero —contestó—. Pero ¿qué es lo que hay que hacer?

—Es muy sencillo: solo tienes que avisarnos cuando el cliente que dejó el traje venga a recogerlo. Nosotros estaremos esperando en la esquina.

—¿Para qué queréis verlo? —preguntó.

—Es que el padre de este es... —comenzó a decir Scanlon, pero yo le pegué un codazo a tiempo y se calló.

—Solo es un juego que nos hemos inventado —respondí.

Temía que si le decíamos la verdad se lo contara todo a su padre, y que su padre se lo explicase al cliente.

—¡Así que es un juego! —exclamó Sammy con fastidio—. Está bien, os avisaré en cuanto el tipo aparezca.

El chico regresó a la tintorería, y nosotros nos fuimos a esperar a la esquina. Eran más o menos las cuatro y media. Dos horas más tarde ya había oscurecido del todo, y nosotros aún seguíamos allí. Scanlon me repetía a cada momento que estaba harto y que quería irse a casa.

—Pues vete —le dije—, nadie te lo impide; pero yo voy a quedarme hasta que el tipo aparezca, aunque tenga que pasarme aquí la noche entera. Está claro que a un paisano no se le puede pedir que tenga el mismo valor que un agente de la policía.

—Tú no eres un agente de la policía —gruñó Scanlon.

—Pero mi padre sí, y por tanto es casi como si yo también lo fuera.

Lo dejé bien planchado, así que cerró el pico y no volvió a quejarse.

Lo malo era que, más tarde o más temprano, yo tenía que volver a casa para cenar, porque de lo contrario me despellejarían vivo. Y a Scanlon le pasaba lo mismo.

—Escucha —le dije—, te vas a quedar aquí esperando la señal de Sammy. Yo voy a ir a casa y le pediré a mi madre que me sirva la cena enseguida. Luego volveré y te relevaré, y entonces tú podrás irte a tu casa a cenar. Así estaremos seguros de que ese tipo no se nos ha escapado, si es que aparece.

—Pero ¿te van a dejar salir de noche siendo mañana un día de colegio?

—Desde luego que no, pero me escaparé sin que mis padres se den cuenta. Si mientras tanto aparece el tipo ese para recoger el traje, síguele a donde vaya, y después vuelves aquí para decirme dónde vive.

Salí pitando hacia mi casa y, al llegar, le dije a mi madre que tenía que cenar enseguida.

—¿Se puede saber a qué viene tanta prisa? —me preguntó.

—Es que mañana tenemos un examen de lo más difícil y tengo que estudiar mucho esta noche.

Mi madre me miró con desconfianza y hasta me tocó la frente para ver si tenía fiebre.

—¿De verdad estás preocupado por un examen? —dijo—. Bueno, en cualquier caso, puedes cenar ya. Tu pobre padre ha tenido que ir al quinto pino y no volverá hasta medianoche.

Estaba muerto de impaciencia, así que cené en un abrir y cerrar de ojos, pero, como siempre comía muy aprisa, mi madre no notó nada especial. Luego cogí los libros para disimular y dije:

—Me voy a estudiar a mi cuarto. Allí estaré mucho más tranquilo.

En cuanto llegué a mi habitación, cerré la puerta con llave, abrí la ventana y bajé sin problemas hasta la calle por aquel viejo árbol que crecía junto a la casa. Lo había hecho un montón de veces y ya tenía bastante práctica. Sin pararme un segundo, volví corriendo a donde estaba Scan.

—Todavía no ha venido —me dijo.

—Está bien —respondí yo—. Ahora te toca a ti.

La verdad es que los padres son un engorro[8] cuando uno está trabajando en un caso. Quiero decir que un detective no tendría que volver corriendo a su casa para cenar cuando está embarcado en un asunto importante.

—Regresa en cuanto termines —le advertí a Scanlon—, si es que quieres seguir en el caso.

Pero no volvió. Más tarde supe que sus padres lo habían pescado cuando trataba de escaparse sin que lo vieran.

Estuve esperando y esperando hasta que casi dieron las diez. Empezaba a creer que el tipo del traje no tenía intención de recogerlo aquella noche, pero estaba decidido a mantener la guardia mientras hubiera luz en la tintorería. Solo hubo un momento en que me pregunté por qué diablos me empeñaría en hacer de detective: fue cuando pasó un poli y me miró de

---

8 **engorro**: molestia, lata.

arriba abajo como si le extrañara ver a un chico de mi edad a aquellas horas en la calle. Estuve a punto de caerme muerto de miedo, pero lo único que el poli dijo fue:

—¿Qué te cuentas, chaval? —y siguió su camino.

Mientras seguía en la esquina confiando en que el poli no volviera, Sammy, el hijo del sastre, se me acercó de repente en la oscuridad cuando menos lo esperaba.

—¿Qué demonios te pasa? —me dijo—. ¿Es que no tienes ojos en la cara? ¿No has visto que te estaba haciendo señas con la mano? El tipo acaba de venir a recoger el traje.

En aquel momento vi a un hombre que subía por la escalera de la tintorería con un traje doblado sobre el brazo; al llegar a la acera, se volvió y se alejó calle arriba, en dirección contraria a donde estábamos nosotros.

—Ese es —dijo Sammy—. Ahora dame las canicas que me prometiste.

Las dejé caer en la palma de su mano sin quitarle el ojo de encima al tipo del traje. Incluso de espaldas, parecía una persona con muy malas pulgas.

—¿Le ha dicho algo tu padre del ojo de cristal? —le pregunté a Sammy.

—Él no nos lo ha pedido, así que ¿por qué íbamos a decírselo? En la tintorería de mi padre no sabemos nada sobre lo que no se reclama.

—Entonces me quedo con el ojo.

—Por mí como si te lo comes con patatas.

El tipo ya estaba bastante lejos, así que me puse a seguirlo sin esperar a oír nada más. Confieso que sentí algo de miedo, porque acababa de entrar en escena una persona adulta y el asunto había dejado de ser un mero juego de niños. Me habría gustado que Scan me acompañase; pero en el fondo era mejor que no hubiera regresado, porque al tipo le resultaría más fácil descubrirnos si lo seguíamos dos que si lo seguía uno solo.

El hombre siguió caminando hasta que llegamos a un barrio en el que yo no había estado nunca. Iba muy deprisa y, como tenía las piernas más largas que yo, me costaba seguirle el paso. A veces lo perdía de vista y creía que se me había escapado, pero el traje doblado sobre el brazo siempre me permitía dar de nuevo con él. De no haberlo llevado, casi seguro que el tipo me habría dado esquinazo.

En algunas calles solo había un farol cada dos manzanas, por lo que estaba todo tan oscuro como el fondo de un pozo. Además, no me gustaba demasiado la gente de aquel barrio. Una vez, pasé junto a una mujer rubia que tenía un cigarrillo pegado al labio y que se paseaba de arriba abajo haciendo girar su bolso como si fuese el lazo de un vaquero. Algo más adelante, estuve a punto de chocar con un hombrecillo muy curioso que estaba apoyado en un portal y se pasaba la mano por debajo de la nariz como si estuviera resfriado.

Lo que no comprendía era por qué si el tipo vivía tan lejos de la tintorería del padre de Sammy había ido hasta allí a que le limpiasen el traje: seguro que había otras tiendas por el estilo mucho más cerca de su casa. Supuse que lo habría hecho para asegurarse de que el dependiente no supiera quién era ni dónde vivía. Eso quería decir que tenía alguna cosa que ocultar, ¿o no es así?

Al fin, mejoró un tanto la iluminación de las calles, pero para entonces yo ya estaba mareado de tanto dar vueltas, y me dolía el pie izquierdo. De pronto, por el modo en que aminoró el paso y enderezó los hombros, adiviné que el tipo iba a mirar hacia atrás, así que me agaché rápidamente y me oculté detrás de un cubo de basura que había en la acera. Un adulto no se hubiera podido esconder tras él, pero a mí me tapaba por completo.

Conté hasta diez y luego espié por un lado del cubo. Cuando el tipo retomó su camino, me puse en pie y volví a seguirlo. Pensé que si se había detenido a mirar atrás era porque estaba llegando a su casa y quería asegurarse de que nadie le seguía. Sin embargo, me pilló desprevenido cuando de repente se metió en un portal y desapareció. Yo me encontraba casi a una manzana de distancia, y eché a correr con todas mis fuerzas para llegar a tiempo al portal, ya que había varios iguales en el edificio y, desde donde yo estaba, no podía distinguir en cuál de ellos había entrado.

Me quedé sin saberlo, pues, cuando llegué, todas las puertas estaban cerradas, y, aunque aquel tipo hiciera crujir los escalones al subir hacia su casa, yo no podía oír sus pasos desde la calle. Cada buzón tenía una placa con un nombre, pero el portal estaba a oscuras y yo no llevaba cerillas, así que no pude averiguar nada. Por otro lado, si el tipo había cruzado media ciudad para que le limpiasen el traje, seguro que no había dado su nombre verdadero en la tintorería.

De repente, se me ocurrió una buena idea. Claro que no me serviría de nada si el apartamento de aquel hombre daba a la parte trasera de la casa; pero a lo mejor tenía una habitación que daba a la calle principal y entonces… Crucé a la acera de enfrente y miré hacia la fachada esperando que se encendiera una luz en alguna de las ventanas. Al cabo de unos instantes, una de ellas se iluminó en el último piso, justo en la parte central del edificio. Como no había entrado nadie más, supuse que era allí donde vivía el hombre del traje.

Pero en aquel preciso momento el tipo se acercó a la ventana y se asomó a la calle, y me pilló mirando hacia arriba. Al contrario que las otras veces, entonces no tuve reflejos suficientes como para saltar y desaparecer de su vista. El tipo se quedó mirándome sin moverse, y yo sentí un escalofrío en la espalda, como si estuviese contemplando una serpiente y hubiese quedado petrificado[9] por el terror. Por fin, desvié la vista, bajé la cabeza, hundí las manos en los bolsillos y me alejé silbando y arrastrando los pies, como el que no quiere la cosa.

Luego empecé a caminar cada vez más aprisa, hasta que doblé la esquina y escurrí el bulto. No me atreví a mirar hacia atrás, porque algo me decía que el tipo seguía en la ventana sin quitarme el ojo de encima.

Era ya muy tarde, y me encontraba muy lejos de mi barrio, así que pensé que lo mejor que podía hacer era volver a casa, meterme en la cama y dejar el caso para el día siguiente. Por lo menos había averiguado dónde vivía el tipo del traje: en el número 305 de la calle Decatur. Podría volver al día siguiente con Scanny y averiguar más cosas.

Cuando llegué a casa, trepé por el árbol y subí a mi cuarto, pero a la mañana siguiente mi madre se las vio y se las deseó para sacarme de la cama a la hora de ir a la escuela.

Scanlon y yo nos encontramos nada más salir de clase, a las tres y un minuto.[10] Dejamos los libros en los armarios de la escuela y reanudamos la investigación sin perder un segundo; ni siquiera nos tomamos la molestia de pasar por casa. Nada más verlo, le conté lo que había descubierto, y después le dije:

—Primero tenemos que averiguar el nombre del tipo del traje y luego investigaremos si en el vecindario vive alguien con un ojo de cristal al que no hayan visto en varios días.

—¿Y a quién se lo vamos a preguntar? —dijo Scanny.

—¿Quién puede estar al tanto de todo lo que le pasa a los vecinos?

---

9 **petrificado**: de piedra, helado de miedo.

10 En los EE UU, donde transcurre la acción del relato, el horario escolar es intensivo y las clases terminan a las tres de la tarde.

—No sé, ¿alguna vieja cotilla?

—Jo, Scanny, te hacía un poco más espabilado —le interrumpí dándole un codazo—. ¡Hay que preguntarle al portero!

—Pero ¿y si no nos lo quiere decir? A muchas personas mayores no les gusta responder a las preguntas de los chicos.

—¡Yo conozco un truco estupendo para tirarles de la lengua! —dije guiñándole un ojo—. ¡Espera y verás!

Cuando llegamos a la calle Decatur, le mostré la ventana a Scanny.

—Es esa, la del último piso.

Cruzamos la calzada,[11] entramos al portal y comenzamos a buscar el nombre del tipo del traje en los buzones del vestíbulo. Pensé que no sería fácil dar con él, pues costaba distinguir qué nombre correspondía a cada piso, pero me di cuenta de que había uno muy parecido al que aparecía en el cartelito del traje en la tintorería: Petersen.

—Debe de ser ese —le dije a Scanny—. Solo cambió la primera parte del nombre, para despistar.

—Seguro que sí. Pero ¿ahora qué hacemos?

Pulsé el timbre que decía «Portero».

—Ahora verás cómo se lo saco todo.

El portero era un viejo chiflado.

—¿Qué queréis, chicos? —ladró.

—Traemos un recado para una persona que vive en esta casa —respondí—, pero hemos olvidado su nombre. Tiene un ojo de cristal.

—¡Aquí no vive nadie con un ojo de cristal! —gruñó el viejo.

—A lo mejor nos hemos equivocado de número. ¿Hay alguien en el vecindario que lleve un ojo de cristal?

---

11 **calzada**: parte de la calle por donde circulan los coches.

—¡Nadie! Y ahora largo de aquí, que estoy muy ocupado.

Regresamos a la esquina bastante decepcionados.

—No hemos sacado nada en limpio —admití—. Si no hay nadie que lleve un ojo de cristal en ese edificio ni en todo el vecindario, entonces, ¿de dónde sacó ese chisme el tipo del traje?

Scanlon empezaba a aburrirse.

—¡Bah, esto ya no es nada divertido! —exclamó—. Volvamos al barrio y juguemos a otra cosa.

—Escúchame: esto no es ningún juego —le repliqué con tono severo—. Estoy intentando ayudar a mi padre. Si quieres volver a casa, ya te puedes ir, pero yo pienso seguir con esto hasta que saque algo en claro. Mi padre siempre dice que un buen detective debe tener mucha *preservancia*.[12]

—¿*Preservancia*? ¿Y eso qué es, una clase de mermelada? —preguntó Scanlon.

No llegué a responderle, porque en aquel momento vi algo que me hizo coger a Scanny del brazo y dar un salto para escondernos detrás de la esquina.

—¡Ahí está el tipo! —susurré—. Acaba de salir de la casa.

Nos ocultamos tras una escalinata. Había mucha gente a nuestro alrededor, pero nadie se fijaba en nosotros; supongo que pensaban que estábamos jugando al escondite.

Al cabo de un instante, el tal Petersen llegó a la esquina y, como lo espiaba con atención, pude verle bien la cara. Me sorprendió que no tuviese nada de particular, porque hasta entonces yo había pensado que los asesinos no podían tener la misma cara que el resto de la gente, aunque, como nunca se lo había preguntado a mi padre, tampoco estaba muy seguro

---

12 El niño pronuncia mal la palabra **perseverancia**, que significa 'constancia', 'cualidad de quien insiste y se esfuerza por conseguir algo'.

de que fuese así. Por lo visto, los asesinos eran como todo el mundo… O tal vez aquel tipo no fuese un asesino después de todo y yo estaba perdiendo el tiempo al dedicarme a perseguirlo en lugar de jugar al béisbol con mis amigos.

Petersen miró a su alrededor durante un buen rato, como para asegurarse de que nadie lo vigilaba. Después, cruzó la calzada y siguió caminando por la acera de enfrente.

—Vamos a seguirle para ver adónde va —dije—. Pero estoy seguro de que anoche me vio desde la ventana y podría recordar mi cara, así que es mejor que le sigas tú y que yo te siga a ti. De ese modo, si se gira, solo te verá a ti.

Pusimos en práctica el plan y caminamos uno tras otro durante un rato, pero de repente vi que Scanlon me esperaba en una bocacalle.

—¿Qué estás haciendo? —le pregunté furioso—. ¿Por qué has dejado que se escape?

—No le he dejado escapar —me explicó—. Ha entrado ahí a comer algo. Míralo, está sentado detrás de esa cristalera.

El tipo estaba en una cafetería, delante de un vaso. En aquel momento estaba mirando hacia nosotros, por lo que tuvimos que agacharnos para que no nos viera. Tras unos minutos, le dije a Scanny:

—Ya debe de haber terminado.

Y eché otra ojeada. Pero Petersen seguía sentado en el mismo sitio, bebiendo de su vaso.

—No está comiendo —le dije a Scanlon—, sino solo matando el tiempo.

—¿Y qué es lo que espera?

—A lo mejor quiere que se haga de noche —respondí mirando el cielo: en ese momento casi había oscurecido—. Supongo que tiene que ir a algún sitio y prefiere hacerlo cuando nadie lo vea.

Scanlon restregó los pies en la acera como si empezara a ponerse nervioso.

—Es hora de cenar —dijo—, así que tendré que volver a casa, porque si no me la voy a cargar. Me la tienen jurada, porque mi padre me pilló anoche cuando estaba a punto de salir y el próximo castigo será de los gordos.

—Sí, claro, pero si vuelves a casa, luego no te dejarán salir, como anoche —le reproché con amargura—. ¡Pues sí que me he echado un buen socio!

—No, esta noche te prometo que conseguiré salir. Es jueves, y mi madre se va al cine porque sortean una vajilla que la tiene medio loca.

—Está bien, pero vuelve lo antes posible. Y cuando llegues a tu casa, telefonea a mi madre para decirle que esta noche me quedaré a cenar contigo. Si te pregunta por qué, explícale que tenemos que estudiar mucho, y que preferimos hacerlo juntos porque, si no, no nos aclararemos. Así podré seguir vigilando a ese. No creo que se vaya a pasar ahí la vida entera, y quiero saber adónde tiene intención de ir cuando salga. Si vuelves y no estoy aquí, espérame delante del bar, allí donde dice «El café de Joe».

Scanny se marchó a toda velocidad y me quedé solo. A los dos segundos, el tipo salió del bar, tal y como yo había supuesto, por lo que me alegré de haberme quedado a la espera. Me había escondido en un portal y desde allí vi cómo Petersen daba la vuelta a la esquina.

Había anochecido, y el tipo comenzó a caminar calle arriba en la misma dirección que llevaba antes de entrar en el bar, esto es, alejándose de la casa donde vivía. Dejé que avanzara hasta la mitad de la manzana antes de comenzar a seguirle. Estabámos casi a las afueras de la ciudad, y empezaron a aparecer solares vacíos entre las casas; pronto hubo más solares que edificios y al final ya no había más que grandes explanadas, campos de labranza y algunos árboles aquí y allá. La calle Decatur se había convertido en una carretera, por la que de vez en cuando pasaba zumbando algún coche camino de la ciudad. Me percaté de que, cada vez que pasaba un vehículo, Petersen volvía la cabeza, como si no quisiera que lo reconociesen.

Ese fue uno de los motivos que me indujeron a continuar la persecución. Desde el momento en que lo había visto por vez primera, el tipo había actuado de una forma extraña. Se mostraba desconfiado y cauteloso, y no dejaba de mirar a su alrededor como si temiese que alguien hiciera lo que yo estaba haciendo. Me dije que nadie toma tantas precauciones a menos que tenga algo que ocultar.

Yo no podía seguirle por la carretera, ya que no había nadie más y Petersen me habría descubierto enseguida. Por suerte, en la cuneta crecían matorrales y hierbas, así que decidí caminar por entre ellos y seguí la persecución agachándome de vez en cuando para que no se me viera la cabeza. Si había un espacio libre entre dos matorrales, tenía que correr para no quedar expuesto a la vista durante mucho tiempo.

De pronto, Petersen aminoró el paso, como si estuviera llegando a su destino. Miré alrededor, pero no vi nada de interés, salvo una casucha de madera que quedaba a poca distancia de la carretera. Estaba a oscuras y parecía deshabitada. Era como esas casas que aparecen en los cuentos de miedo, por lo que deseé con todas mis fuerzas que no fuese el lugar al que Petersen se dirigía.

Pero al parecer era allí adonde iba, solo que prefería dar un rodeo por precaución. Primero, examinó la carretera a derecha y a izquierda hasta convencerse de que nadie rondaba por los alrededores… Eso era al menos lo que él creía. Luego ladeó la cabeza para oír si se acercaba algún coche, y al fin abandonó de un salto la calzada y desapareció en la oscuridad. Sin embargo, yo aún podía distinguir su silueta, porque sabía qué dirección había tomado.

Cuando llegó a la casa destartalada, la rodeó con lentitud y cautela para comprobar que nadie lo esperaba a escondidas para atraparle. Por suerte, también crecían los matorrales en torno de la casa, y pude acercarme a ella discretamente.

Tras convencerse de que no había nadie dentro de la casa —cosa que yo hubiera podido jurarle nada más verla—, Petersen se dispuso a entrar. La casa tenía un porche desvencijado,[13] con el techo medio hundido en su parte central. El tipo se agachó para pasar por debajo de aquel tejadillo sostenido entre dos postes, y ya no pude verle más, pues la casa estaba en una oscuridad completa.

Le oí girar la llave en la cerradura; luego la puerta chirrió al abrirse. Había algo blanco en el suelo del porche, y el tipo lo recogió antes de entrar en la casucha. Observé que dejaba la puerta entreabierta a sus espaldas, como si pensara salir enseguida, por lo que tuve la precaución de no subir al porche ni de acercarme a la casa para espiar lo que estaba haciendo en su interior, ya que las maderas habrían crujido bajo mi peso. En cambio, no pude resistir la tentación de adelantarme un poco más entre los arbustos, para ver mejor la puerta entreabierta. Petersen debía de haber encendido una cerilla,

---

13 **desvencijado**: con las maderas de los postes y del techo medio sueltas.

porque del interior surgió una luz muy tenue.[14] Sin embargo, me bastó para ver lo que hacía, pues siempre he tenido buena vista. El tipo estaba recogiendo un par de cartas que el cartero debía de haber echado por debajo de la puerta. Petersen pareció ponerse de muy mal humor al verlas, pues las estrujó entre sus dedos hasta convertirlas en una bola y las arrojó con rabia al suelo. Ni siquiera las había abierto: se había limitado a mirar los sobres.

Se apagó la cerilla y encendió otra; pero se había alejado de la entrada y ya no podía verle. Cuando la segunda cerilla también se apagó, la puerta se abrió ligeramente y el tipo volvió a salir con el mismo sigilo con que había entrado. Dejó algo en el porche, en el mismo sitio de donde había recogido aquel objeto blanco. Después, cerró la puerta con sumo cuidado, miró en torno para comprobar que no había nadie a la vista y abandonó el porche.

Yo me había alejado bastante de la casa, pero agaché la cabeza hasta quedar hecho un ovillo para que el matorral que me ocultaba me cubriera por completo. Tampoco en aquella ocasión Petersen logró verme; pero no tuve en cuenta que mi mano había quedado fuera del matorral, apoyada en el suelo para ayudarme a mantener el equilibrio.

El tipo me pasó tan cerca que la pernera de su pantalón casi me rozó la mejilla. En aquel preciso instante, un coche se acercó por la carretera, y Petersen retrocedió rápidamente unos pasos para que no lo vieran, y entonces fue cuando me aplastó dos dedos con el tacón de su zapato.

Lo único que pude pensar fue que si chillaba era hombre muerto, pero todavía me pregunto cómo logré reprimir el gri-

---

14 **tenue**: débil.

to. Era como si un carnicero me hubiese cortado los dedos de un hachazo. Los ojos se me llenaron de lágrimas, y durante un buen rato estuve viendo las estrellas. El tipo no debió de permanecer allí más de medio minuto, pero a mí me pareció una eternidad. Por suerte, el coche iba muy rápido y, en cuanto hubo pasado, Petersen reanudó su camino. Logré quedarme callado y quieto hasta que el tipo llegó a la carretera; pero luego hundí la cara entre los brazos y lloré hasta cansarme, aunque sin hacer ruido. Tras aquel desahogo, los dedos ya no me dolían tanto.

Después me senté para reflexionar sobre el asunto mientras me refrescaba la mano a base de soplidos. El tipo regresaba a la ciudad por la carretera, y me pregunté si valdría la pena seguirlo. Si iba a su casa, no me serviría de nada seguirlo, pues yo ya sabía a la perfección en qué calle estaba. En aquella casucha, desde luego, no vivía, pues nadie vive en dos sitios al mismo tiempo.

Pero entonces, ¿a qué había ido Petersen allí? ¿Qué andaba buscando? Se había puesto de muy mal humor al revisar aquellas cartas que estrujó y arrojó al suelo. Sin duda no eran lo que esperaba, y comprendió que se había tomado la molestia de desplazarse hasta la casucha para nada. Debía de estar esperando una carta, una carta que aún no había llegado. Decidí quedarme un rato más y hacer algunas averiguaciones sobre aquella vieja casa, si es que eso era posible.

Cuando el ruido de los pasos de Petersen se perdió en la carretera, me puse en pie y me dirigí al porche. Lo que el tipo había dejado junto a la puerta no era más que una botella de leche vacía, de esas que la gente saca al umbral para que el lechero las cambie por botellas llenas. Sin duda lo que Petersen había recogido al entrar era la misma botella, pero llena de leche. El tipo se la había llevado adentro y la había vaciado. Pero, ¿para qué? No había estado en la casa el tiempo suficiente como para bebérsela: se había limitado a tirar la leche y a dejar la botella vacía en el porche.

Eso demostraba dos cosas. Primero, que el lechero pensaba que en aquella casa vivía alguien, pues de lo contrario no dejaría leche en la puerta; segundo, que Petersen no deseaba que el lechero, el cartero y los otros repartidores supieran que la casa estaba vacía: por eso había vaciado la botella de leche. Entonces el corazón me latió con fuerza y se me puso la carne de gallina, porque pensé: «¡Tal vez Petersen asesinó al propietario de esta casa y nadie lo ha descubierto todavía! ¡Apuesto a que es eso! ¡Apuesto a que el ojo de cristal salió de aquí!».

Solo me quedaba una duda: ¿por qué el asesino seguía visitando la casa de su víctima? La única respuesta que se me ocurrió fue que esperaba alguna carta que debía de llegar a la casa. Por eso seguía yendo allí todas las noches, para comprobar si la carta había llegado. Y tal vez durante todo aquel tiempo había alguien muerto dentro de la casa…

Yo no dejaba de animarme a mí mismo, diciéndome: «Voy a entrar y comprobaré si hay un cadáver. Puedo entrar fácilmente, incluso aunque la puerta esté cerrada». Pero durante un buen rato no me moví.

Al fin, me dije a mí mismo: «Tan solo es una casa, y una casa no puede hacerle nada a nadie. La oscuridad no puede hacerte daño. Y aunque haya un muerto, los muertos no se pueden mover. Ya no eres un niño; tienes doce años y cinco meses y además tu padre necesita ayuda. Si entras ahí dentro, tal vez descubras algo que pueda serle útil».

Así que me decidí a entrar. Tanteé la puerta; pero, como suponía, estaba cerrada con llave, así que di la vuelta alrededor de la casa y lo intenté con todas las ventanas que encontré a mi paso. Estaban más altas que mi cabeza, pero no era difícil encaramarse, ya que muchas de las tablas de la pared se habían salido de su sitio y podía apoyar el pie en ellas para subir. Sin embargo, el esfuerzo no me sirvió de nada, porque todas las ventanas estaban cerradas a cal y canto, e incluso claveteadas[15] por la parte de adentro.

Pensé que tal vez tendría más suerte con alguna ventana del piso de arriba, así que volví al porche y, tras lanzarme un escupitajo en cada mano, trepé por uno de los postes que lo sostenían. Como las ramas de una parra se habían enroscado en él, lo de subir fue pan comido. El poste era muy viejo y se bamboleaba[16] de mala manera, pero yo no pesaba demasiado, de modo que llegué arriba sin ningún percance.

Una vez allí, intenté abrir la primera ventana que encontré. Llevaba mucho tiempo cerrada, y me costó mucho conseguir que cediera; pero al fin la ventana se abrió con un chirrido que me puso la carne de gallina. Entonces tragué saliva y me metí en la casa.

La habitación olía a humedad, y las telarañas se me pegaban a la cara, así que tenía que ir apartándolas constantemente a mi paso. Apenas se veía nada: solo el gris de las paredes y el negro donde estaba la puerta. Una persona adulta habría llevado cerillas, pero yo tuve que caminar a tientas y valerme de las manos extendidas para saber por dónde iba.

Por fortuna, no choqué con nada, aunque supongo que fue porque las habitaciones de arriba estaban vacías y no había nada con lo que topar; pero las tablas del suelo crujían bajo

---

15 **claveteadas**: clavadas con muchos clavos y de forma desordenada.
16 **se bamboleaba**: se balanceaba, se movía de un lado a otro.

mis pies. Estuve a punto de caer por la escalera y de romperme la crisma, porque los peldaños comenzaban antes de lo que había imaginado. Desde aquel momento, todo fue sobre ruedas, ya que tanteaba con la punta del pie cada escalón antes de apoyarme en él. Tardé un siglo en llegar abajo, pero por lo menos llegué entero. Entonces me dirigí hacia la puerta, o hacia donde me parecía que se encontraba la puerta. Me moría de ganas de salir de allí.

No sé qué fue lo que me confundió. Tal vez la escalera por la que había bajado a ciegas daba una vuelta más de lo que yo había creído, o quizá cambié de dirección sin darme cuenta cuando tropecé con unas cajas vacías y caí al suelo. El caso es que seguí avanzando en línea recta, según me parecía, desde el pie de la escalera hasta llegar a la puerta. Estaba convencido de que era la que daba a la calle, así que giré el pomo para salir y la puerta se abrió al instante. Eso tendría que haberme indicado que no era la de entrada, pues yo sabía que Petersen la había cerrado con llave al salir.

Cuando crucé el umbral, noté que el aire era allí más sofocante[17] que en cualquier otro lugar de la casa. Olía a humedad y a tierra removida, y la oscuridad era absoluta, lo que me convenció de que aquella no era la puerta que daba al porche. Pero en vez de retroceder, di un paso más hacia adelante, y entonces me caí. ¡Y qué caída! Fue una de esas que hacen historia. Rodé por unos escalones de ladrillo que me molieron las costillas y me dejaron el cuerpo tan magullado[18] como si me hubiera pasado la noche peleándome con alguien a brazo partido.

---

17 **sofocante**: que no deja respirar bien.
18 **magullado**: con muchos golpes, pero sin herida abierta.

Tuve suerte de aterrizar sobre algo blando, pues de lo contrario me hubiese descalabrado. No era un colchón ni un cojín ni nada que se le pareciera, sino una cosa blanda y rígida al mismo tiempo; ya sé que no me explico muy bien, pero no es fácil contar lo que sentí. Al principio pensé que había caído sobre un saco de serrín, pero estaba muy equivocado.

Iba a exclamar «¡Qué suerte que esto estuviera aquí!» cuando extendí la mano para apoyarme y ponerme de pie, y de repente me quedé helado, porque ¡mi mano tropezó con otra mano, que parecía estar esperando la mía para estrecharla! No era cálida y blanda como las de la gente normal, sino áspera y rugosa como un guante de cuero puesto a remojar. En seguida comprendí de qué se trataba, porque detrás de la mano había un brazo, y al brazo le seguía un hombro, y al hombro un cuello que terminaba en una cabeza.

Lancé un grito de horror y pegué un salto que estuvo a punto de empotrarme contra el techo. Aterricé lejos del cadáver, y entonces salí corriendo a cuatro patas como si acabara de ver al mismo diablo.

Pero no podía regresar a la escalera sin pisar el cadáver que estaba a sus pies, y eso me retuvo allí durante un par de minutos, hasta que logré calmarme y pude reflexionar de forma más o menos serena. Me hablé a mí mismo a toda prisa, a la misma velocidad que esos charlatanes de feria que venden brebajes[19] curalotodo.

«A este lo han matado, eso salta a la vista, porque a quien estira la pata como Dios manda lo entierran en el cementerio y no lo dejan en un sótano al pie de una escalera. ¡Fíjate si tenías razón al sospechar que el tal Petersen era un asesino!

---

19 **brebaje**: bebida desagradable de tomar.

Pero, oye, en vez de estar muerto de miedo, tendrías que saltar de alegría, porque ahora por fin puedes ayudar a tu padre. Nadie sabe que en esta casa hay un muerto, ni siquiera el lechero y el cartero, así que puedes contárselo a papá para que él se cuelgue todas las medallas».

Aquella idea me animó mucho. Me sequé el sudor de la frente y me apreté el cinturón hasta el cuarto agujero, que era el último, como si eso bastara para armarme de valor. Entonces se me ocurrió una idea para poder echarle un vistazo al muerto y comprobar si de veras lo habían asesinado. Yo no tenía cerillas, pero las personas mayores suelen usarlas, y seguro que aquel hombre llevaba alguna en los bolsillos aunque estuviese fiambre.

Me acerqué al muerto a gatas y, cuando llegué a su lado, apreté los dientes muy fuerte y estiré una mano hacia él. Me temblaba tanto que no lograba dominarla, pero me la sujeté con la otra mano y al fin logré meterla en el bolsillo del cadáver. Sin embargo, no encontré nada, así que tuve que trasladarme al otro lado y probar en el otro bolsillo. Con las puntas de los dedos toqué tres cerillas de las largas, pero cuando intenté sacar la mano se me quedó atrapada, y estuve a punto

de enloquecer de miedo. Al final, sin embargo, conseguí sacarla con la ayuda de la otra mano, y pude alejarme del muerto.

Entonces, rasqué una de las cerillas contra el suelo.

Lo primero que le vi fue la cara. La tenía arrugada y reseca como si lo hubiesen disecado, y con cuatro agujeros en vez de los tres que cabía esperar. Vi que tenía la boca enorme y negra como un pozo y los agujeros de la nariz pequeños, pero debajo del párpado descubrí un hueco que me espantó. ¡Era en aquella cuenca donde había estado el ojo de cristal que yo llevaba en el bolsillo!

Ya no me quedaban dudas sobre cómo lo había perdido aquel pobre hombre. Lo habían estrangulado con un viejo cinturón, atacándole por la espalda. Aún lo llevaba alrededor del cuello, tan apretado y retorcido que lo tendrían que cortar para sacárselo. Como le oprimía tanto, el otro ojo, que era de verdad, estaba tan hinchado que parecía a punto de saltar

como un grano de arroz lanzado por una cerbatana.[20] Supuse que eso mismo le había pasado al ojo falso. El hombre lo había perdido mientras lo estrangulaban: se le había caído entre las piernas del asesino, y, al rebotar en el suelo, había ido a parar a la vuelta del pantalón de Petersen. Cuando el asesino hubo terminado su tarea, no se fijó en que al muerto le faltaba un ojo, o bien pensó que habría rodado hacia algún rincón de la casa. Pero en realidad Petersen lo llevaba consigo: lo llevaba en el pantalón que había enviado a la tintorería para eliminar las manchas de polvo o de otra cosa peor.

La cerilla se había consumido hasta que casi me quemó los dedos, así que tuve que apagarla de un soplido. Su luz me había permitido ver todo lo que era posible, pero no me ayudó a averiguar quién era aquel viejo ni por qué el tal Petersen había decidido acabar con su vida, ni qué buscaba el asesino al regresar a aquella casucha. Subí a gatas la escalera de ladrillos pensando que jamás volvería a sentir tanto miedo como al tocar la mano del muerto. Pero estaba equivocado, como veréis.

Llegué sin dificultad a la puerta que daba a la calle. Esta vez no me había confundido; pero, cuando estaba a punto de salir, me acordé de las cartas que Petersen había tirado al suelo hechas una bola. Pensé que tal vez me revelarían quién era el muerto, pero para encontrarlas tenía que encender una de las dos cerillas que me quedaban. Pensé que podía arriesgarme a hacerlo, ya que la puerta de la calle no tenía cristal y la claridad solo se filtraría por el resquicio inferior, por lo que era difícil que alguien pudiera verla. Además, Petersen debía

---

20 **cerbatana**: trozo de caña o canuto con el que se disparan bolitas colocándolas dentro y soplando por un extremo.

de haber llegado ya a la ciudad, de modo que nadie podría descubrirme, a no ser que mantuviese la cerilla encendida durante mucho rato.

Encontré las cartas enseguida, y apagué la cerilla en cuanto las alisé y leí el nombre de la persona a la que iban dirigidas. El muerto se llamaba Thomas Gregory, y aquella carretera aún debía de ser la calle Decatur, a pesar de encontrarse tan lejos de la ciudad, porque en los sobres estaba escrito: «Decatur, n.º 1017». Las cartas no eran más que publicidad: una le proponía que comprase un coche, y en la otra le ofrecían una colección de libros.

Tras apagar la cerilla, me guardé las cartas debajo del forro de la gorra. Quería enseñárselas a mi padre para que no dudase de mí cuando le contara que había encontrado a una persona asesinada en aquella casa. De lo contrario, pensaría que todo eran imaginaciones mías.

Entonces me di cuenta de que la puerta de entrada no se podía abrir desde dentro. Petersen la había cerrado con la llave de Gregory y se la había llevado. Descubrí otra salida en la parte trasera de la casa, pero aún era peor, porque estaba cerrada con un candado. El tal Gregory debía de haberle tenido mucho miedo a la gente para vivir encerrado de aquella manera, con las ventanas clavadas y aislado del mundo. Así que no me quedaba más remedio que subir de nuevo al piso de arriba, salir por la ventana y deslizarme por uno de los postes de aquel porche destartalado.

Acababa de poner el pie en el primer peldaño de la escalera cuando oí unos pasos que se acercaban a la casa y que subían al porche. Luego, sonó el ruido de algo que se deslizaba bajo la puerta y después el agudo pitido de un silbato. Me quedé sin sangre en el cuerpo, y estuve a punto de salirme del

pellejo del salto que pegué. No sé cuál de las tres cosas me asustó más, aunque debió de ser el ruido sibilante que sonó por debajo de la puerta. La única razón por la que me quedé donde estaba y no corrí escaleras arriba fue que los pasos se alejaron enseguida de la casa.

Me acerqué de puntillas a una de las ventanas que daban al porche y le quité el polvo para poder mirar a través del cristal. Entonces vi a un hombre que se alejaba hacia la carretera, en busca de la bicicleta que había dejado apoyada en un árbol. Era tan solo un cartero de correspondencia urgente.

Cuando el cartero se perdió de vista, me dirigí de nuevo hacia la puerta y, a pesar de la oscuridad, pude distinguir una cosa blanca que asomaba por el resquicio inferior: era una carta. Me incliné para recogerla formando una pinza con el índice y el pulgar, pero la carta se resistió a moverse: parecía que estuviera atascada bajo la puerta. El cartero no la había

empujado hasta dentro del todo, y al principio pensé que tal vez era demasiado gruesa para colarse con facilidad o que quizá se había quedado enganchada en algún saliente del suelo.

Separé los dedos un segundo para cogerla mejor y, mientras la miraba, la carta empezó a deslizarse hacia afuera. Me extrañó mucho, porque el suelo no estaba inclinado; pero, cuando la carta estaba a punto de desaparecer por completo, logré agarrarla de nuevo y le pegué un tirón.

Fue entonces cuando me di cuenta de lo que estaba pasando, así que solté la carta a toda prisa y me quedé inmóvil mientras el corazón me latía al galope. ¡Aunque no había oído ningún ruido, era evidente que había alguien al otro lado de la puerta! No me atreví a tocar de nuevo la carta, pero el mal ya estaba hecho. El tirón que le había dado era una prueba palpable de que me encontraba allí dentro.

Muerto de miedo, me dirigí a la ventana con tanto cuidado como si caminara entre huevos, pensando que tal vez desde allí podría echarle un vistazo al porche. Pero cuando llegué a la ventana ocurrió una de esas cosas que suceden en las películas, aunque aquella vez no me hizo ninguna gracia: ¡mi cara quedó frente a frente con la de otra persona! Aquel tipo intentaba averiguar quién andaba dentro de la casa, lo mismo que yo procuraba saber quién estaba en el exterior. Nuestras caras quedaron a unos milímetros una de otra, separadas tan solo por el cristal de la ventana.

Los dos retrocedimos de un salto, pero él volvió a acercarse al cristal. Se había agachado un poco para ver mejor y, al darse cuenta de que mi rostro quedaba a su misma altura, debió de comprender que yo no era más que un niño. Por mi parte, descubrí enseguida que aquel tipo era Petersen: aunque la luz era muy escasa, lo reconocí por la forma del sombrero y sus orejas de soplillo. Debía de haberse esperado por allí cerca y, nada más marcharse el cartero, había vuelto a la casa para recoger la carta.

Los dos nos alejamos a toda prisa de la ventana. Él corrió hacia la puerta, y yo lo oí tantear con la llave en la cerradura. Entonces me lancé hacia la escalera, que era mi única salvación posible, pero por el camino tropecé con una caja de cartón vacía y caí al suelo. Cuando conseguí ponerme en pie, Petersen ya había logrado abrir la puerta de la calle. Pensé que tal vez podría escapar por la ventana de arriba, pero me iba a ser muy difícil llegar hasta la carretera sin que el tipo me alcanzase antes a mí. Mi única esperanza era llegar a los matorrales antes que él y luego ocultarme por entre la maleza, pero no me parecía fácil conseguirlo con aquel asesino pisándome los talones.

Llegué a la ventana del piso superior cuando Petersen empezaba a subir la escalera. No volví la cabeza para verlo, pero creo que se detuvo para encender una cerilla que le permitiera ascender más aprisa. Saqué el cuerpo por la ventana, pero en el alféizar[21] había un clavo que me desgarró los pantalones. Sin embargo, eso no fue lo peor. Lo peor vino después, cuando puse un pie en el tejado del porche: el techo del porche empezó a hundirse y, justo cuando iba a sacar el otro pie por la ventana, se derrumbó debajo de mí. Por fortuna, yo tenía aún las dos manos aferradas al marco de la ventana, y no me fue difícil subir las piernas y poner los pies en el alféizar.

Si bajo la ventana el terreno hubiese quedado despejado, me habría atrevido a saltar desde allí arriba, incluso a pesar de que la altura era bastante grande para un chico de mi ta-

---

21 **alféizar**: parte inferior de la ventana, en donde uno se puede apoyar.

maño; pero, al romperse, las tablas del porche habían quedado en punta mirando hacia arriba, y temí que alguna de ellas me atravesara de parte a parte si saltaba.

Petersen estaba de nuevo fuera de la casa, supongo que porque en un primer momento había pensado que toda ella iba a desmoronarse;[22] pero, en cuanto vio que solo se había hundido el tejado del porche, se dispuso a entrar de nuevo. Antes de cruzar el umbral de la puerta alzó la cabeza, me vio sentado en el antepecho de la ventana y dijo:

—Muy bien, muchacho, ahora sí que te tengo.

Lo dijo con tanta calma, en un tono tan bajo, que me asusté mucho más que si se hubiese puesto a maldecir a troche y moche.[23]

Entró en la casa y subió de nuevo los primeros peldaños de la escalera. Yo recorrí la habitación en busca de una salida, y en un extremo encontré una estrecha chimenea de ladrillos. Me metí en ella de un salto, e intenté trepar por su interior; pero caí al suelo justo cuando Petersen entraba en el cuarto. El tipo corrió hacia la chimenea, se agachó y me buscó a tientas con su brazo. La primera vez no me atrapó, pero al segundo intento se salió con la suya, porque en la chimenea no había nada a lo que yo pudiera aferrarme. Me sacó mientras yo daba patadas y puñetazos a todos lados, pero logró mantenerme a distancia, agarrado en vilo por el cuello, con lo que mis golpes no le alcanzaban por mucho que yo lo intentase.

Petersen esperó a que me cansara de dar puñetazos en el aire, y luego dijo con su voz mortalmente tranquila:

—¿Qué has venido a hacer aquí, renacuajo?

---

22 **desmoronarse**: caerse en pedazos.
23 **a troche y moche**: sin medida ni control.

—Solo estaba jugando —repliqué.

—¿No te parece que este es un lugar muy extraño para que un chico de tu edad ande jugando a estas horas?

¿De qué me hubiera servido responderle?

—Sé quién eres, mocoso metomentodo —dijo—. Te vi anoche cuando espiabas mi ventana desde la calle. Por lo visto, te gusta cruzarte en mi camino. ¿Se puede saber qué andas buscando?

El tipo me zarandeó[24] de tal modo que pensé que se me iban a saltar los dientes, y luego me preguntó por segunda vez, muy despacio:

—Respóndeme: ¿qué es lo que buscas?

—Nada —tartamudeé.

El zarandeo me había dejado atontado, y la cabeza me pesaba como si fuese de plomo.

—Yo juraría que estás mintiendo, mocoso. Dime, ¿quién es tu padre?

—Frank Case.

—¿Y a qué se dedica?

Comprendí que mi única oportunidad era ocultarle la verdad, pues de lo contrario aquel tipo no me dejaría escapar con vida. Pero no pude evitarlo: me sentía orgulloso de decírselo y no quería que se compadeciera de mí.

—¡Es el mejor detective de toda la ciudad! —exclamé.

—¡Estás listo! —dijo Petersen—. De modo que eres el hijo de un poli. Vaya, vaya. El hijo de un poli es siempre un futuro poli, así que hay que aplastarlo antes de que crezca y sea demasiado tarde. Dime, muchacho, ¿te enseñó tu padre a morir con valentía?

---

24 **me zarandeó**: me sacudió, me movió de un lado a otro con fuerza.

¡Demonios, cómo le odiaba! Mi voz se volvió ronca como la de un borracho de cincuenta años, y grité con furia:

—¡¡Mi padre no tiene que enseñármelo!! ¡¡Lo sé por el solo hecho de ser su hijo!!

El tipo se echó a reír.

—¿Has bajado al sótano, muchacho?

No contesté.

—Muy bien, pues ahora bajaremos juntos.

Odiaba a aquel tipo con todas mis fuerzas, tanto que ni siquiera me acordaba de tener mucho miedo. De todos modos, uno siente temor cuando existe alguna posibilidad de salir bien parado. En cambio, ¿de qué sirve tener miedo cuando la suerte ya está echada?

—Y ya no saldré nunca más de allí, ¿no es eso? —le dije en tono de desafío, mientras el tipo me arrastraba por la escalera a oscuras.

—No, ya no volverás a salir, ¿para qué te voy a engañar?

—Haga lo que quiera —repliqué—. Puede usted matarme como hizo con ese pobre hombre, pero no espere que le tenga miedo. Mi padre y sus amigos van a despellejarle vivo. ¡Es usted un asesino repugnante! ¡Me da asco!

Para entonces, ya habíamos llegado a la planta baja. Pensé que debía hacer algo antes de que me arrastrara hasta el sótano, porque allí no tendría escapatoria, así que volví la cabeza y le clavé los dientes en el brazo, debajo mismo del codo. Apreté con tanta fuerza que pensé que se me iban a quedar allí pegados, y mi mordisco le atravesó la manga, la piel y el músculo. Ni siquiera sentí los golpes que me estaba propinando hasta que de pronto me vi lanzado contra la pared de enfrente y los oídos me zumbaron como moscas.

Le oí gritar:

—¡Asquerosa larva de policía! ¿Así que quieres que sea rápido? ¡Pues toma!

Por un instante distinguí el blanco de su camisa, como si se hubiese abierto la chaqueta para sacar algo. Luego se produjo un fogonazo, y un estampido sonó en la habitación con la fuerza de un trueno.

Nunca antes había oído el disparo de un arma de fuego. Provoca una especie de excitación, o por lo menos eso me produjo a mí. Me di cuenta de que era un blanco fácil, pues la pared contra la que me encontraba era clara y mi silueta se perfilaba a la perfección, así que me agaché y me arrastré por el suelo sin quitarle el ojo de encima a aquel asesino. Sabía que iba a disparar de nuevo y que esta vez no fallaría.

El tipo oyó el ruido que hacía al deslizarme por el suelo. Debió de pensar que estaba herido pero que aún me quedaban fuerzas para moverme.

—Eres duro de pelar, ¿eh, mocoso? —dijo—. ¿Por qué no te quejas? ¿Es que no te duele?

Yo seguí arrastrándome de costado por el suelo, y él sentenció:

—Dos disparos no hacen mucho más ruido que uno, y esta vez no voy a fallar.

Entonces dio un paso adelante y dobló ligeramente una rodilla. El corazón estuvo a punto de reventarme de miedo cuando vi cómo extendía el brazo, cómo levantaba el arma y cómo me apuntaba. Cerré los ojos por instinto, pero al instante recordé que era el hijo de un detective y volví a abrirlos. ¡Yo no iba a cerrar los ojos por ningún asesino!

Una nueva lengua de fuego brilló en la habitación, y el trueno volvió a sonar al tiempo que un montón de astillas saltaban delante de mi cara. Una de ellas se me clavó en el labio y me dolió como si fuera una aguja. Pero ni siquiera eso me hizo callar. Odiaba tanto a aquel hombre que le dije con toda calma, como si ya no fuese un chico a punto de morir sino un adulto seguro de sí mismo:

—¡La verdad es que he visto asesinos con mejor puntería!

No pude continuar. De repente, se oyó el ruido de alguien que avanzaba con esfuerzo por entre los escombros del porche, y la puerta se abrió violentamente. En sus prisas por capturarme, Petersen había olvidado cerrarla con llave. Durante un momento, reinó un completo silencio: yo seguía tendido en el suelo, y el tipo permanecía oculto en las sombras.

Entonces, una voz grave que me era muy familiar exclamó:

—No disparéis, compañeros, puede tener a mi hijo ahí dentro con él.

Distinguí la silueta de mi padre, recortada sobre la claridad de la calle, y me dije que, a menos que yo le indicara dón-

de estaba Petersen, el tipo le mataría. Si no le había disparado ya era para que mi padre no supiera dónde se encontraba. Entonces recordé que aún me quedaba una cerilla en el bolsillo... Pero las cerillas se apagan cuando uno las arroja al aire, así que decidí hacer otra cosa: encogí las piernas y tomé impulso para saltar. Entonces rasqué la cerilla y, mientras me hallaba en el aire, la mantuve con el brazo extendido hacia el lugar en donde se encontraba Petersen. La luz anaranjada del fósforo iluminó al asesino de pies a cabeza.

—¡Justo delante de ti, papá! —grité.

Petersen me apuntó con su pistola para apagar la cerilla y acabar al mismo tiempo con mi vida, pero hay algo tan rápido como una bala y eso es otra bala. Desde la puerta salió un fogonazo, y mi padre le acertó a Petersen en plena sien. La bala llevaba tanta fuerza que el tipo se tambaleó como un borracho que intentara bailar y fue a parar contra la pared antes de desplomarse en el suelo. La cerilla todavía no se había apagado, y me permitió distinguir su cara agonizante.[25]

Seguí inmóvil durante unos segundos, como si fuera la Estatua de la Libertad iluminando al mundo,[26] hasta que los agentes pudieron acercarse a Petersen para asegurarse de que no volvería a disparar.

Uno de los policías vino directo hacia mí sin preocuparse del asesino y, a pesar de la oscuridad, comprendí de inmediato de quién se trataba.

—Frankie, ¿te encuentras bien? —me preguntó.

—Claro que sí, papá —respondí.

---

25 **agonizante**: que se está muriendo.
26 La **Estatua de la Libertad** es un famoso monumento de un personaje femenino que porta en la mano levantada una antorcha y que está situado a la entrada por mar de la ciudad de Nueva York.

Lo más curioso es que era cierto cuando lo dije. Era verdad que no sentía la herida del labio, ni el dolor de los muchos golpes que había recibido en aquella casa, y sentí que podría continuar despierto durante toda la noche. Pero, de repente, cuando mi padre me tomó entre sus brazos, comprendí que no tenía más que doce años y que habría de pasar mucho tiempo antes de que pudiera ser un detective de verdad. Dejé caer la cabeza contra su pecho y creo que me dormí enseguida…

Cuando me desperté, estaba en un coche con mi padre y otros dos policías, y regresábamos al centro de la ciudad. Nada más abrir los ojos comencé a contar todo lo que había sucedido, porque quería que mi padre fuese re…[27] Bueno, ya sabéis lo que quiero decir.

—Papá —dije—, el tipo mató a un viejo llamado Thomas Gregory que está abajo, en el sótano…

—Sí, Frankie, ya lo hemos encontrado.

—Lo asesinó para quedarse con una carta que un cartero echó por debajo de la puerta…

—También la hemos encontrado, Frankie.

Mi padre la sacó del bolsillo y me la mostró. No era nada más que un pedazo de papel azul claro.

—Se trata de un cheque nominativo[28] por doce mil dólares. Es una indemnización que el viejo había recibido de una empresa constructora por daños y perjuicios.

Mi padre me hablaba como si yo fuese un adulto y no un chico de doce años.

---

27 El muchacho quiere decir «fuese repuesto» en su empleo, pero no recuerda exactamente la palabra.

28 **cheque nominativo**: cheque o talón extendido a nombre de una persona y que solo ella puede cobrar.

—Le cayó una partícula de acero en el ojo cuando pasaba cerca de un edificio en construcción y tuvieron que extirparle[29] el ojo. Eso pasó hace cinco años. Los trámites del proceso fueron muy lentos, y Gregory cada vez estaba más amargado, hasta el punto de llevar una vida miserable encerrado en esa casucha y sin verse con nadie. La empresa se resistió a pagar hasta el último momento, pero al final el tribunal supremo les obligó a indemnizar a Gregory.

»El día en que el veredicto[30] se dio a conocer, algunos periódicos publicaron una gacetilla[31] sobre el caso, para rellenar espacio a pie de página, como hacen siempre. Petersen debió de leer una de ellas, y creyó erróneamente que el viejo ya había cobrado el dinero, así que fue a su casa con intención de robarle. Supongo que Gregory le dejó pasar, o tal vez el tipo entró por la fuerza. Seguramente torturó al viejo para que le dijese dónde estaba el dinero y, viendo que no lo tenía en la casa, decidió matarlo.

»Se precipitó mucho, pues el cheque no llegó hasta esta noche, como tú bien sabes. Pertersen volvió varias veces a la casa para ver si lo habían enviado. Como había matado a Gregory y el cheque estaba por cobrar, lo único que podía hacer era correr un riesgo desesperado: falsear la firma del viejo y presentarse en el banco para cobrar el dinero con el carné de identidad del muerto, fingiendo ser Thomas Gregory.

»Petersen no era muy listo, porque de lo contrario habría sabido que no tenía ninguna posibilidad de salirse con la suya. Los bancos no pagan cheques por una cantidad como esa a un cualquiera. Si no conocen al que lo presenta, primero in-

---

29 **extirparle**: sacarle.
30 **veredicto**: el fallo o la decisión de un jurado sobre un asunto.
31 **gacetilla**: noticia que no aparece muy destacada en un periódico.

vestigan para asegurarse de que todo está en regla. Sin embargo, Petersen estaba empeñado en sacar algo del asesinato y... Pero, ¿cómo demonios te enteraste tú de que...?

Entonces saqué el ojo de cristal y se lo enseñé, y le conté cómo le había seguido la pista. Vi que los agentes se miraban unos a otros y meneaban la cabeza con cierta admiración. Uno de ellos comentó:

—¡No está mal! ¡No está nada mal!

—¿Que no está mal? —le espetó[32] mi padre.

—Pero, y tú, ¿cómo supiste dónde estaba yo? —pregunté.

—Tu madre comprendió enseguida que Scanny estaba mintiendo cuando le dijo que te quedabas a estudiar en su casa, porque con las prisas no os disteis cuenta de que mañana es el Día de Acción de Gracias[33] y por tanto no hay clase. Tu ma-

---

32 **le espetó**: le soltó, le dijo con brusquedad.

33 El **Día de Acción de Gracias** es una fiesta nacional de EE UU que se celebra el último jueves de noviembre.

dre me pidió que fuese a casa de Scanny, y le hice cantar, y luego él me llevó hasta el edificio donde tú habías seguido a Petersen por la mañana. Subí al apartamento, forcé la cerradura y registré todas las habitaciones. Encontré unos recortes de periódico sobre el viejo Gregory que Petersen se había tomado el trabajo de marcar y recortar. El asunto no me gustó, y además tu amigo Scanny ya había dicho algo sobre un ojo de cristal. Por suerte, en las gacetillas figuraba la dirección del viejo (por eso Petersen la conocía) y, cuando vi que eran las once y media y no dabas señales de vida, tomamos un coche y salimos a toda velocidad hacia la casa de la carretera.

Pasamos por la Jefatura de Policía para que mi padre redactara un informe sobre el caso, y allí estuvo hablando con un tipo de pelo blanco que supuse que era su jefe. El hombre me agarró por el hombro derecho, justo la parte que más me dolía después de tantos golpes, pero no dejé que se diera cuenta del daño que me estaba haciendo. Como vi que mi padre no decía nada de su intervención en el asunto, exclamé con todas mis fuerzas:

—¡El caso lo resolvió todo mi padre! ¿Verdad que ahora lo van a «re... colocar»?

Vi que los dos se guiñaban el ojo mutuamente, y luego el hombre de pelo blanco se echó a reír y dijo:

—Creo que te lo puedo prometer.

Después, me miró de nuevo y agregó:

—Estás muy orgulloso de tu padre, ¿verdad?

Yo me enderecé y, alzando la barbilla, respondí:

—Desde luego. ¡Es el mejor detective de toda la ciudad!

Charlie saldrá esta noche

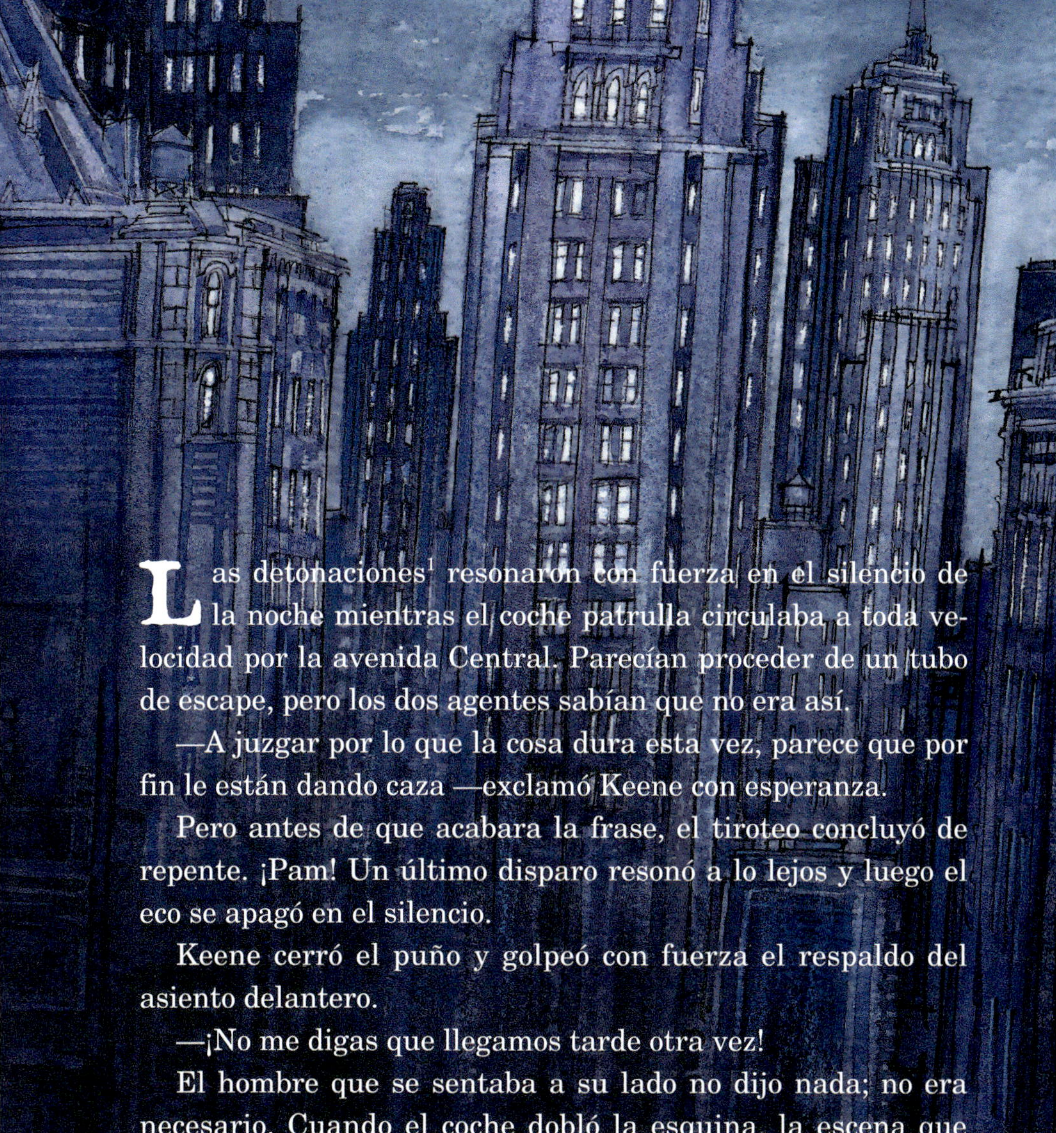

as detonaciones[1] resonaron con fuerza en el silencio de la noche mientras el coche patrulla circulaba a toda velocidad por la avenida Central. Parecían proceder de un tubo de escape, pero los dos agentes sabían que no era así.

—A juzgar por lo que la cosa dura esta vez, parece que por fin le están dando caza —exclamó Keene con esperanza.

Pero antes de que acabara la frase, el tiroteo concluyó de repente. ¡Pam! Un último disparo resonó a lo lejos y luego el eco se apagó en el silencio.

Keene cerró el puño y golpeó con fuerza el respaldo del asiento delantero.

—¡No me digas que llegamos tarde otra vez!

El hombre que se sentaba a su lado no dijo nada; no era necesario. Cuando el coche dobló la esquina, la escena que apareció ante sus ojos hablaba por sí misma.

La claridad que salía del estanco marcaba una pálida franja amarillenta sobre la acera, que relucía con fragmentos de vidrios rotos. Las balas del tiroteo habían destrozado una parte del cristal del escaparate. Un policía de uniforme se di-

---

1 **detonaciones**: explosiones.

rigía con paso lento y vacilante hacia la tienda; llevaba la cabeza descubierta y se apretaba el brazo.

—Se ha escapado, ¿verdad? —exclamó Keene, colérico, antes incluso de haber descendido del coche—. ¿Pero qué os pasa? ¿Cómo se os puede haber escapado una vez más?

—Lo siento, capitán, pero esta herida me impidió afinar la puntería.

El policía se arremangó para mostrar el brazo, por el que bajaba un hilillo de sangre hasta la punta del dedo medio, donde se formó una gota que cayó en la acera.

—Ve a que te vean eso —gruñó Keene secamente, como pidiendo disculpas de mala gana; luego añadió a media voz—: es la primera vez que se derrama sangre por culpa de ese..., porque ha sido nuestro amigo de nuevo, ¿no?

—Sí, señor. El tirador zurdo.

—Pues es él, no hay duda. Lleva cinco semanas poniéndonos en ridículo.

—¿Y por qué siempre elige estancos? —preguntó uno de los agentes.

Keene se encogió de hombros:

—Por lo general, a estas horas de la noche en los estancos solo hay un dependiente, así que ese tipejo se arriesga mucho menos que si asaltara un bar o un club nocturno.

Keene entró en la tienda seguido de dos subordinados.[2] La caja registradora[3] estaba abierta y vacía. En el suelo había una moneda de un centavo y otra de cinco, que seguramente se le habían caído al ladrón en su huida. Uno de los agentes las recogió y las hizo tintinear en el hueco de la mano.

---

2 **subordinados**: personas que están a las órdenes de otros.

3 **caja registradora**: caja que se usa en las tiendas para guardar el dinero de las ventas.

Había un hombre inclinado sobre uno de los mostradores, con la cabeza hundida entre los brazos.

—¿Qué le pasa a ese? ¿Es que está muerto? —preguntó Keene de mal humor—. ¡Eh, oiga!

El dependiente levantó la cabeza. Tenía el cabello manchado de sangre por encima de la oreja.

—Me ha golpeado con la punta de la pistola —dijo débilmente—. Yo estaba con las manos en alto, pero aun así me atizó.

—Bueno, por lo menos usted ha podido verlo. ¿Qué aspecto tenía?

—¿Cómo quiere que lo sepa? Llevaba un pañuelo blanco que le tapaba la nariz y la boca, y el ala del sombero le cubría el resto. Ni siquiera pude verle los ojos.

—Ha atravesado toda la tienda desde la puerta hasta el mostrador, ¿y quiere hacerme creer que ni siquiera sabe cómo es? —le espetó[4] Keene con impaciencia.

—Entró con la cabeza vuelta, como si estuviese mirando o hablando con alguien que se encontraba en la calle. Todo me pareció muy natural, así que ¿por qué iba a sospechar nada? Lo único que le puedo decir es que tenía las espaldas muy anchas y que llevaba un traje gris.

—¡Menuda pista! —replicó Keene con amargura—. Si eso es todo lo que puede decirnos, le aseguro que va a sernos usted de muy poca ayuda. ¡Maldito sea el condenado, no me extraña que le llamen el Fantasma! Eso es lo único que hemos podido sacar en limpio en cinco semanas. Eso, y que dispara con la izquierda.

El dependiente volvió a hundir la cabeza entre los brazos.

____

4 **le espetó**: le dijo con brusquedad.

—Creo que me va a dar algo —gimió con voz ahogada.

—Tenga, aquí tiene los seis centavos que hemos recupera-do —le dijo con sorna[5] uno de los agentes mientras arrojaba las dos monedas a la caja registradora.

Keene salió a la calle muy enfadado y se detuvo bajo la luz de neón[6] del estanco a remover con el pie los pedazos de vi-drio que habían saltado del escaparate.

—Registrad bien el escaparate —ordenó—; seguramente en-contraréis las balas que ha disparado en alguna caja de puros o en algún paquete de tabaco.

Acababa de llegar una ambulancia para prestar los prime-ros auxilios al dependiente y al agente heridos.

---

5 **sorna**: tono de burla.

6 **neón**: gas que se mezcla con algunos productos químicos para obtener to-dos los colores y que se utiliza para hacer letreros luminosos.

CIGARS

Keene observó con atención ambos lados de la calle.

—Si ha entrado mirando para atrás es porque previamente se ha asegurado de que solo había una persona en el estanco. Además, habrá necesitado algún tiempo para atarse el pañuelo, lo que quiere decir que ha debido de ocultarse en algún portal antes de llevar a cabo el asalto. Vamos a examinar aquel portal de allí..., es el único desde donde se tiene una vista completa del interior de la tienda.

Los agentes se acercaron y Keene iluminó el umbral[7] con una linterna, pero no encontró nada más que la colilla de un cigarrillo. La luz de la linterna pasó de largo, pero luego volvió atrás para enfocar la colilla. Keene se agachó, la cogió y la examinó en la palma de la mano.

—Menos mal que no se me ha pasado por alto —dijo en voz baja a sus acompañantes—. He pensado que el tabaco era demasiado oscuro y con hebras demasiado gruesas para tratarse de un cigarrillo común. ¿Sabes lo que es?

El otro asintió.

—Un porro..., marihuana[8] —prosiguió Keene—. Es de él, sin duda. Se ha «colocado» antes de hacer el trabajo. Bueno, ahora sabemos algo más sobre ese fulano, y no es una buena noticia: se prepara bien antes de matar. De cualquier manera, ya suponía que tomaba algo. Ha dado demasiados golpes en poco tiempo. Esta porquería seguramente altera su noción del tiempo; las horas deben de parecerle días y los días semanas.

Keene metió la colilla en un sobre y se lo guardó en el bolsillo.

---

7 **umbral**: entrada.

8 **marihuana**: droga extraída de una planta que suele consumirse fumándola. El consumo excesivo produce alucinaciones, ansiedad, alteración de la visión y del juicio y pérdida de la noción del tiempo y el espacio.

No encontraron ninguna otra cosa de interés. Una vez más, el Fantasma se había burlado de ellos. Keene y sus hombres recorrieron cuidadosamente el vecindario, tanto a pie como en automóvil, durante buena parte de las dos horas siguientes, pero no lograron encontrar pista alguna. Parecía como si su presa se hubiera desvanecido[9] en el aire nada más salir del estanco.

Eran casi las tres de la madrugada cuando Keene regresó por fin a su casa tras haber pasado por la comisaría. Cuando se detuvo frente a la puerta de su apartamento, sintió el peso del cansancio. Buscó la llave e intentó meterla en la cerradura, pero lo hizo con tal torpeza que se le cayó al suelo. Maldijo en voz baja, se agachó a recoger la llave y se quedó en aquella posición un instante.

Muy cerca de la llave había una colilla. Pensó que eran imaginaciones suyas, que sus ojos le estaban jugando una mala pasada, pero las hebras de la colilla eran oscuras y gruesas como las de la colilla que había encontrado en aquel portal unas horas antes. La recogió para olfatearla. El olor acre[10] era leve pero inconfundible: aquello era marihuana.

El capitán se incorporó, intrigado.

—¿Qué está haciendo esto aquí, delante de la puerta de mi casa? Debe de ser de alguien que vive en el edificio y que se cree muy listo porque consume marihuana. Como lo pille, voy a quitarle las ganas de seguir fumando estas porquerías.

Luego abrió la puerta y entró, meneando la cabeza con un gesto decidido.

---

9 **desvanecido**: esfumado, desaparecido.
10 **acre**: áspero, picante.

Tres noches después, el capitán Keene sonrió con amargura al sentarse para cenar y descubrir que una de las tres sillas estaba vacía.

—Charlie ha salido —murmuró su esposa con tono de disculpa.

—¡Para variar! —replicó Keene amargamente—. ¿Es que para alguna vez por casa? ¿Sabes cuándo lo vi por última vez? ¡El domingo hizo una semana! Me crucé con él en la puerta: yo llegaba y él se iba. ¡Los dos vivimos bajo el mismo techo y llevo más de una semana sin ver a mi propio hijo!

—Eso es porque tú tampoco estás mucho tiempo en casa, Luke —protestó ella en defensa de Charlie.

—Pero yo estoy de servicio, mientras que él no pega ni golpe.

—Sabes bien que eres la persona menos indicada para reprochárselo. Desde que llevaba pantalones cortos solo ha tenido un sueño, y tú le impediste que lo hiciera realidad. Así que si no tiene trabajo, la culpa es tuya.

Mientras hablaba, los ojos de la mujer se posaron en una fotografía que se encontraba sobre la repisa de la chimenea. Era la foto de un joven apuesto vestido con un uniforme de la policía. Se parecía mucho a Keene, solo que unos veinte años más joven. Habían pasado cinco años desde aquel día fatal, pero todavía había una cinta negra pegada en el marco.

—¡Ya le entregué un hijo a la policía —tronó Keene, descargando un puñetazo sobre la mesa—, y no estoy dispuesto a ver morir al otro! ¡He decidido que no ingresará en la policía y, mientras viva, en esta casa se va a hacer lo que yo diga! Pero eso no es motivo para que no busque otra clase de trabajo. ¡Eso no justifica que se quede todo el día zanganeando en su cuarto, con la puerta cerrada con llave, y que luego se pase toda la noche fuera de casa!

Su esposa negó con la cabeza, como si presagiara algo malo.

—No es bueno impedirle a un muchacho que lleve a cabo sus sueños, Luke; siempre te lo he dicho. Eso lo tiene amargado, le ha hecho perder el interés por todo. Y esa frustración puede acabar por convertirlo en... algo mucho peor que lo que evitaste que fuera.

La mujer bajó la vista, y luego añadió:

—Dennis era tan hijo mío como tuyo, no lo olvides. Pero preferiría perder a Charlie como perdí a Dennis antes que verlo infeliz y amargado a causa de tu obstinación. Charlie se siente desgraciado, Luke, está consumiéndose, y tú lo sabes.

—¡Lo único que sé es que en esta casa mando yo! —rugió Keene.

—Quiera Dios que no tengas que lamentarlo, Luke —replicó su esposa con un suspiro.

El teléfono sonó en el recibidor y la mujer se levantó para contestar.

—Bien, muy bien —se limitó a decir—. En seguida se pone.

Luego se dirigió a su marido y le anunció:

—Es para ti, Luke, de la comisaría.

Keene se quitó de encima las tribulaciones domésticas[11] como una serpiente se desprende de su piel. Mientras se dirigía al teléfono, sus pasos eran vivos, decididos.

—Keene al aparato —dijo secamente.

Era el comisario en persona.

—¡Keene, usted y sus hombres tienen que hacer algo para atrapar de una vez por todas al Fantasma! Ha vuelto a las andadas. ¿Se da cuenta de que van dieciséis atracos a punta

---

11 **tribulaciones domésticas**: preocupaciones de las cosas de la casa y de la familia.

de pistola en poco más de seis semanas? No es solo que la prensa esté pidiendo a gritos mi cabeza, sino que ese tipo se ha convertido en una amenaza pública. Es un perro rabioso al que hay que meter entre rejas para bien de todos.

—¿Dónde ha sido esta vez, comisario? No hace ni media hora que he salido de la comisaría.

—En la esquina de Craven y Burgoyne. Hemos recibido la llamada hace tan solo cinco minutos. Ahora mismo voy para allá.

—Pues allí nos veremos.

Keene colgó el teléfono y se despidió de su esposa:

—Tengo que irme, Julie.

—¿Ha sido otra vez él? —preguntó Julie, temerosa, pues conocía la preocupación de su marido por aquel criminal a quien no conseguían atrapar.

—¡Sí, y voy a perder mi puesto si no le paramos los pies en seguida! El comisario está a punto de perder la paciencia, y si eso sucede mi cabeza será la primera en rodar.

Keene descolgó de un tirón el sombrero del colgador que quedaba junto a la puerta y dijo:

—No me esperes levantada, Julie. No sé a qué hora volveré.

Y cerró la puerta a sus espaldas.

Como las otras quince tiendas que el Fantasma había atracado, la de Craven y Burgoyne era un estanco. Solo ese tipo de establecimientos parecía interesarle. Sin duda eran los más vulnerables,[12] porque durante la noche los estancos quedaban al cargo de un único dependiente. Por eso la policía estaba tan segura de que el Fantasma actuaba solo.

---

12 **vulnerables**: fáciles de atacar o asaltar.

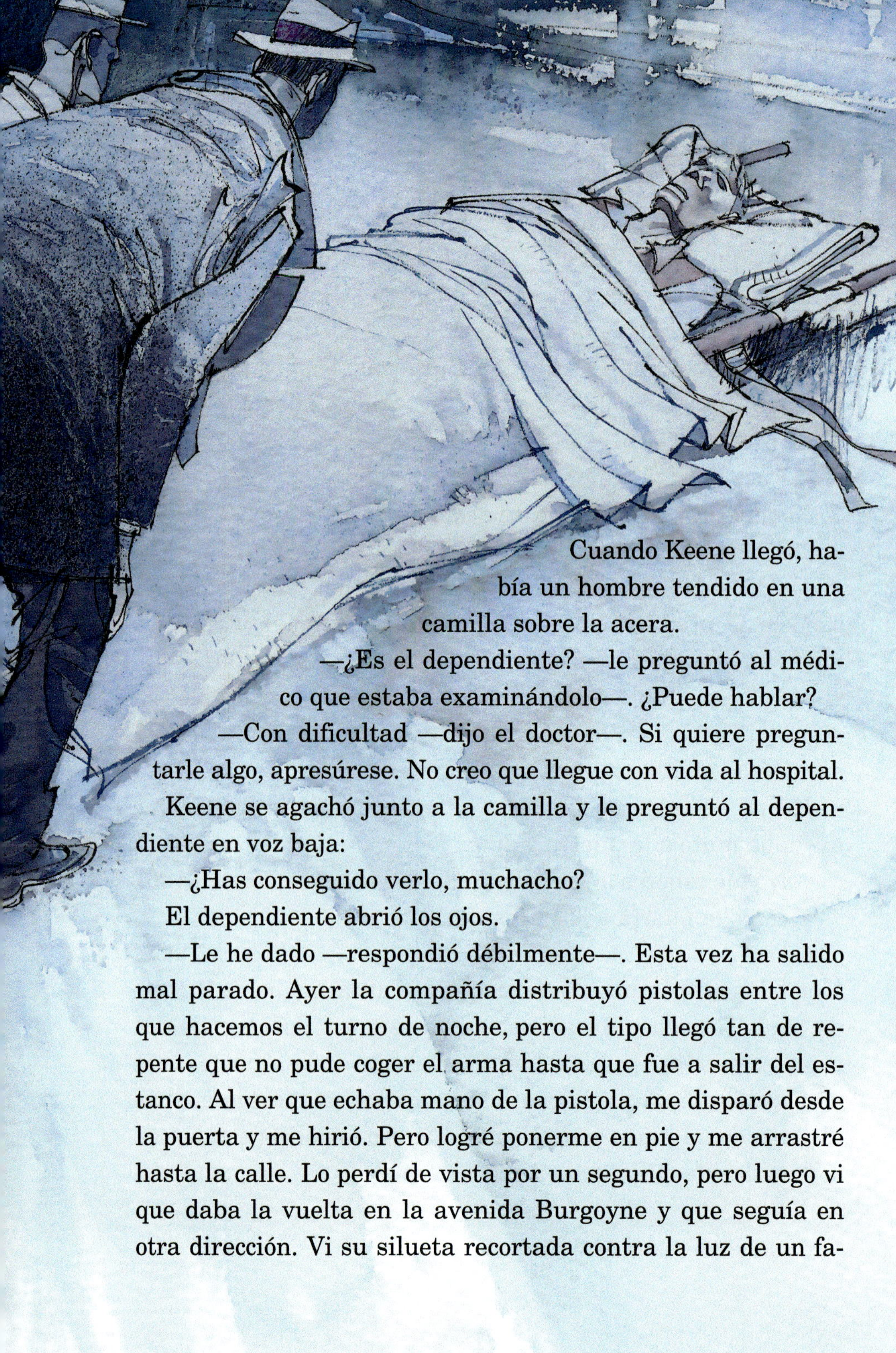

Cuando Keene llegó, había un hombre tendido en una camilla sobre la acera.

—¿Es el dependiente? —le preguntó al médico que estaba examinándolo—. ¿Puede hablar?

—Con dificultad —dijo el doctor—. Si quiere preguntarle algo, apresúrese. No creo que llegue con vida al hospital.

Keene se agachó junto a la camilla y le preguntó al dependiente en voz baja:

—¿Has conseguido verlo, muchacho?

El dependiente abrió los ojos.

—Le he dado —respondió débilmente—. Esta vez ha salido mal parado. Ayer la compañía distribuyó pistolas entre los que hacemos el turno de noche, pero el tipo llegó tan de repente que no pude coger el arma hasta que fue a salir del estanco. Al ver que echaba mano de la pistola, me disparó desde la puerta y me hirió. Pero logré ponerme en pie y me arrastré hasta la calle. Lo perdí de vista por un segundo, pero luego vi que daba la vuelta en la avenida Burgoyne y que seguía en otra dirección. Vi su silueta recortada contra la luz de un farol. Disparé y se tambaleó porque lo había alcanzado, pero de todas formas logró huir a toda prisa…

—¿Pero has conseguido verle la cara?

La voz del hombre se debilitó hasta convertirse en un murmullo casi inaudible:[13]

—Llevaba un pañuelo que le tapaba la cara…, era ancho de espaldas…, el arma en la mano izquierda…

El médico y el conductor de la ambulancia se acercaron al herido.

—Será mejor que nos lo llevemos, capitán.

Keene se puso en pie con un suspiro de rabia y dijo:

—Siempre la misma historia…

—Óigame, Keene, ¿hasta cuándo va a durar esto? —bramó el comisario, quien acto seguido dijo todo lo que pensaba sobre el caso a lo largo de diez minutos que a Keene se le hicieron eternos; al final, sentenció—: ¡Ahora bien, si usted se siente incapaz de echarle el guante, dígalo y pondré el caso en manos de otro más competente![14]

Keene mantuvo la calma y respondió con un tono respetuoso:

—Puede poner en mi puesto a alguien que tenga más suerte que yo, señor, pero no encontrará a nadie que se dedique al caso con mayor ahínco.[15]

Lo último que hizo Keene antes de abandonar el escenario del delito fue telefonear al hospital para saber cuándo podría seguir interrogando al dependiente herido.

—Cuando llegó aquí ya estaba muerto —fue la breve respuesta.

De modo que ahora ya se había cometido un asesinato.

---

13 **inaudible**: que no se puede oír.

14 **competente**: capaz, que sabe hacer algo bien.

15 **ahínco**: mucho esfuerzo, interés y dedicación con que se hace algo.

Keene llegó a casa rendido de cansancio. Abrió un cajón y sacó su vieja pipa pensando que tal vez fumar lo ayudaría a reponerse, pero cuando iba a sentarse advirtió que la cazoleta[16] estaba llena de ceniza. Seguramente la última vez que la había usado le habían llamado con urgencia de alguna parte y había tenido que abandonar la pipa antes de poderla terminar. Siempre lo llamaban cuando estaba en medio de algo.

Keene cogió una cerilla de madera, removió con ella las cenizas compactas y miró en torno buscando algún recipiente donde volcarlas; pero su mujer ya había quitado la mesa y no encontró nada que pudiera servirle.

En aquel momento, Julie salió de la cocina con el cubo de la basura en la mano, pues iba a la calle a vaciarlo.

—Justo lo que buscaba —dijo él—. Espera un momento: voy a echar las cenizas de la pipa antes de que te lleves el cubo.

Julie pareció asustarse de aquella sencilla petición. Primero se quedó parada y luego se precipitó hacia la puerta sin soltar el cubo.

—Ya…, ya está lleno —arguyó—.[17] Voy a vaciarlo y enseguida vuelvo…

—¿Cómo que ya está lleno? —preguntó Keene, asombrado—. ¿Crees que voy a desbordar el cubo con unas pocas cenizas?

La expresión de Keene fue cambiando poco a poco, y sus ojos se achicaron mientras escudriñaba[18] la cara de su esposa. Al cabo, se levantó de la silla y se acercó a Julie.

—Dame el cubo —le dijo.

---

16 **cazoleta**: parte de la pipa en que se pone el tabaco.
17 **arguyó**: argumentó, explicó.
18 **escudriñaba**: miraba con atención para averiguar algo.

Habló con voz pausada, pero en un tono tan autoritario que ella no se atrevió a desobedecerle.

—Tráemelo aquí —repitió—, quiero echarle un vistazo.

Julie se acercó a su marido despacio, con la cara contraída y más blanca que la cera. Dejó el cubo en el suelo y Keene pudo comprobar que estaba casi vacío.

—¿Qué querías ocultarme? —preguntó.

Pero su esposa ya había regresado a la cocina sin decir una sola palabra.

Keene removió la basura con la cerilla que había usado para vaciar la pipa. Al sacarla, descubrió que algo se había enroscado en su punta. Era una especie de tela retorcida y acartonada, de color marrón. Keene tiró de ella hasta sacarla por completo del cubo, y, a medida que salía, la tira se iba volviendo más blanca, más ancha, más blanda y más delgada. Era una venda manchada de sangre.

De repente, oyó unos sollozos que procedían de la cocina. Keene tiró al suelo la cerilla y la venda, cruzó el comedor con tres rápidas zancadas y entró en la cocina.

Encontró a su mujer de pie junto al fregadero, con los ojos bañados en lágrimas. Tenía una botella de whisky en una mano y un vaso lleno hasta el borde en la otra.

Keene se acercó a Julie y le arrebató el vaso.

—Este no es modo de solucionar los problemas —dijo.

—Ya lo sé —respondió su esposa—, pero me ayuda a sobrellevarlos.

Le dirigió a su marido una mirada de súplica;[19] pero Keene sabía muy bien que no era por sí misma por quien suplicaba.

—¡Esto tiene que acabarse de una vez, Julie! —dijo con voz ronca.

Luego se volvió y se encaminó muy despacio hacia una puerta cerrada. Ella corrió a cerrarle el paso y lo agarró con fuerza por el cuello de la camisa.

—No, Luke, te lo pido por favor. ¡Espera!

—Apártate, Julie, esto es algo entre él y yo.

—No ha pasado nada, te lo aseguro. Podría haberle sucedido a cualquiera.

—No me mientas, Julie. He visto que tratabas de esconderme esa venda. ¿Qué es lo que ha hecho? ¿Por qué querías evitar que la descubriera?

—Porque sabía que ibas a pensar precisamente lo que estás pensando ahora.

Keene apartó con suavidad a su esposa. Luego se acercó a la puerta cerrada y la golpeó con los nudillos.

---

19 **mirada de súplica**: mirada con que le pedía o rogaba algo (aquí, que no fuera duro con su hijo).

—No, Luke, te lo suplico —gimió ella desde la entrada de la cocina—. Charlie es tu hijo, y no uno de esos delincuentes que interrogas en la comisaría. Ahora estás en casa: aquí dentro eres un padre de familia y no un policía.

«Siempre y cuando no entre el crimen en mi propia casa», pensó Keene, abatido. Y en voz alta, dijo:

—Ve a tu habitación, Julie, y no temas nada.

Como de costumbre, la puerta tardó mucho en abrirse; mucho más de lo que se tardaba en cruzar la habitación, dos veces más, tres veces más. Al fin, la llave giró en la cerradura y la puerta se abrió.

Pero antes de que la puerta se abriera del todo, Charlie ya se había dado media vuelta y había empezado a caminar hacia el fondo de la habitación. Keene entró en la estancia, cerró la puerta y se quedó allí plantado, sin decir nada, esperando a que su hijo le mirara a la cara.

Charlie acabó de atravesar la habitación; luego se volvió, y padre e hijo se miraron como si fueran dos adversarios. Tal vez no eran enemigos que se hubieran declarado la guerra, pero los dos permanecían en guardia y medían sus fuerzas. Ninguno de los dos estaba dispuesto a ceder ni un ápice.[20]

Charlie era alto y delgado, pero de fuerte constitución. En aquel momento tenía la cara algo pálida, pero era una cara franca,[21] incluso simpática. Sin embargo, hacía mucho que Keene había aprendido en su trabajo que eso no quería decir nada. En aquel rostro agradable había una sombra taciturna,[22] como si su dueño odiara al mundo entero; hacía varios años que conservaba la misma expresión.

---

20 **un ápice**: una pizca.
21 **franca**: sincera, que no parece engañar a nadie.
22 **taciturna**: triste.

El joven iba en mangas de camisa, y se había arremangado para estar más cómodo. La mirada de Keene se posó primero en uno de los musculosos brazos de su hijo y luego en el otro, pero no descubrió lo que estaba buscando. Tampoco había advertido rigidez alguna en sus andares cuando el muchacho cruzaba la habitación.

—Levántate la camisa —le ordenó al fin.

Charlie tiró de ella bruscamente para sacarla del pantalón y se la levantó por el lado izquierdo. Dos vendas de gasa se entrecruzaban en torno a su cintura para que no se moviera el apósito[23] que llevaba en el costado.

Charlie sonrió con amargura:

—¿Era esto lo que querías ver?

—¿Cómo te has hecho eso?

De nuevo, la misma sonrisa.

—Una bala perdida me alcanzó anoche, mientras caminaba por la avenida Burgoyne, cuando volvía de casa de Bernice.

Hablaba con calma, pero Keene pudo ver cómo su pecho desnudo se movía agitadamente, como si Charlie respirara más aprisa a causa de la ira o del miedo. Siguió sosteniendo la camisa en lo alto aun cuando ya no era necesario: era un gesto de desafío.

Cuando Keene habló de nuevo, lo hizo con voz pausada y serena, con la voz de un policía que interroga a un sospechoso:

—¿Puedes demostrarlo?

—No —respondió su hijo.

Al fin, Charlie dejó caer el faldón de la camisa. Tenía la cara palidísima.

—Y tú, ¿puedes demostrar que no fue así? —le espetó.

------

23 **apósito**: gasa o algodón que se ponen sobre una herida.

Las miradas duras y hostiles[24] de padre e hijo se enfrentaron, como si cada uno luchara por imponerse al otro. El joven respiraba agitadamente; Keene podía advertirlo a través de su camisa. Al fin, Charlie musitó[25] unas palabras casi inaudibles que su padre solo pudo adivinar por el movimiento de los labios:

—Dilo. Di lo que estás pensando. Di lo que has venido a decirme.

Keene contestó con el mismo tono apagado que había empleado su hijo:

—¿Crees que es necesario?

Quizá no lo era, pero Keene aún no podía decirlo a las claras. Cuando lo dijera, no habría forma de volver atrás: entre padre e hijo se abriría un abismo sobre el que sería imposible tender un puente. Además, ¿qué necesidad tenía de decir la palabra definitiva y maldita? Ambos sabían lo que el otro estaba pensando. Lo decían con claridad sus miradas, la agitada respiración de Charlie y el tenso silencio que reinaba en el cuarto.

De pronto, Keene se dio la vuelta. Sintió que los ojos se le enturbiaban, pero a pesar de ello logró encontrar el pomo de la puerta y salió de la habitación. Al cabo de un instante, oyó el ruido seco de la llave en la cerradura.

Keene advirtió que Julie lo estaba mirando desde el umbral de su alcoba,[26] con una expresión triste en su pálido rostro, mientras él caminaba lentamente hacia el recibidor. Pero no había nada que pudiera decirle a su esposa. Aquello no era algo entre ella y él. Ya ni siquiera era algo entre él y Charlie.

---

24 **hostil**: de antipatía, de rechazo.
25 **musitó**: dijo en voz baja, murmuró.
26 **alcoba**: dormitorio.

Ahora era algo consigo mismo; ahora la batalla se libraba en su propio interior.

Sin decir ni siquiera una palabra, Keene cogió el sombrero, se lo puso de cualquier modo y salió de su casa.

No sabía a ciencia cierta[27] adónde se dirigía mientras caminaba por las calles oscuras con el paso indeciso de quien ha bebido una copa de más. Pero su subconsciente parecía saber muy bien cuál era su destino. Tras caminar un buen rato, se detuvo ante una silenciosa casita de madera, subió la escalera y tocó el timbre.

Una luz se encendió en el vestíbulo, y Bernice Meredith abrió la puerta. Era la novia de Charlie, una joven bonita y de aspecto saludable. La luz de la lámpara iluminaba sus sedosos[28] cabellos castaños y formaba una dorada aureola[29] alrededor de su cabeza. Bernice siempre le había inspirado a Keene una honda simpatía: estaba convencido de que era la clase de mujer que a Charlie le convenía. Por eso en aquel momento sintió pena por ella, aunque no tanta como la que sentía por Julie o por sí mismo. Bernice superaría aquel golpe con el tiempo y podría rehacer su vida, pero ellos jamás lograrían sobreponerse a aquella desgracia.

—¡Vaya, capitán Keene! —exclamó la joven con cordialidad—. ¡Qué sorpresa más agradable! Mis padres han ido al cine… Pero entre, por favor, y siéntese.

—Gracias, hija —respondió el capitán con un hondo suspiro—. Creo que sí voy a sentarme. Los pies me están matando.

---

27 **a ciencia cierta**: con seguridad.
28 **sedosos**: suaves como la seda.
29 **aureola**: aro de luz alrededor de la cabeza.

Sabía que debía ser cuidadoso con sus palabras para averiguar lo que le interesaba sin despertar la desconfianza de Bernice. Si sus preguntas le hacían sospechar algo, la muchacha defendería a Charlie, y sin duda mentiría por él. Bernice era así.

El atraco del estanco había tenido lugar alrededor de las doce y veinte. Aun caminando despacio, para que a Charlie le alcanzase una bala perdida en la avenida Burgoyne cuando regresaba de casa de su novia, el chico debía de haber estado con ella hasta la medianoche. Era una deducción afinada: por algo había llegado a capitán de policía.

—Dime, ¿acaso os peleasteis tú y Charlie anoche? —le preguntó a bocajarro—.[30] ¿Por qué no se quedó más rato contigo?

—Eso quisiera saber yo —respondió ella sin reservas—. Parecía muy preocupado, como si algo le rondara sin cesar por la cabeza. A las diez y media tomó el sombrero y se fue, y durante todo el tiempo que estuvo aquí se mostró tan inquieto y nervioso que no parecía el de siempre. La verdad es que no sabía qué pensar —Bernice rio confiadamente y luego agregó—: Me temo que sale con otra chica.

—No —dijo él con tristeza—. Te aseguro que no sale con ninguna otra chica.

Después clavó la mirada en el suelo y, como si hablara por hablar, dijo:

—¿Qué tal te trata Charlie? ¿Gasta mucho dinero cuando salís juntos o es más bien tacaño?

—¿Tacaño? ¡Todo lo contrario! —replicó la muchacha con vivacidad—. ¡Parece que quiera echar la casa por la ventana! Gasta como si fuera un millonario. Yo no dejo de decirle: «Char-

---

30 **a bocajarro**: bruscamente, sin que la otra persona lo espere.

lie, modérate. Ya sabes que no tienes trabajo». Pero él hace oídos sordos. De vez en cuando apuesta un par de dólares en las carreras y por lo visto gana siempre...

Keene sonrió con amargura. Oía hablar a Bernice, pero apenas se daba cuenta de lo que le estaba diciendo. Levantó la vista, y dejó que sus ojos recorrieran la sala. Sobre la repisa de la chimenea descubrió un pequeño retrato enmarcado de Charlie. No era una fotografía de estudio, pero lo habían sacado de cuerpo entero, de pie en la escalera de la casa de Bernice. Entonces interrumpió a Bernice y le preguntó:

—Oye, preciosa, ¿te importaría traerme un vaso de agua?

—Por supuesto que no, capitán Keene.

En cuanto la muchacha hubo salido de la sala, el policía se acercó con rapidez a la chimenea para sacar la foto del marco. Se la guardó en el bolsillo y colocó el marco boca abajo, para que no se viera que la fotografía había desaparecido. Después, se marchó en cuanto le fue posible.

—Cuando vea a Charlie, dígale que... —le encargó la muchacha desde la puerta, mientras Keene se marchaba arrastrando los pies en la oscuridad.

El capitán meneó la cabeza con tristeza. Ya no le diría nada a Charlie..., nunca más. Y Charlie tampoco le diría nada a él. No era necesario.

Keene se dirigió a la comisaría y buscó la lista de las tiendas que el Fantasma había atracado. Luego escogió media docena de las más recientes y anotó sus direcciones en la libreta. Después se aseguró de que la puerta de su despacho estuviese cerrada y extrajo del bolsillo la foto que se había llevado de casa de Bernice.

Keene; nombre de pila, Charles: eso era lo que debía escribir.

Inconscientemente, levantó la cabeza, apretó los dientes y cerró los puños hasta que los nudillos de los dedos se le quedaron blancos: eran indicios de la lucha que se estaba librando en su interior. ¡Aún no podía creérselo, ni siquiera cuando todo estaba tan claro, ni siquiera después de haber descubierto el vendaje ensangrentado y de haber escuchado las palabras de Bernice!

«Todavía no es seguro», se dijo a sí mismo con obstinación. «Aún no has encontrado una sola prueba contra él. A cualquier desconocido le otorgarías el beneficio de la duda hasta que el peso de la prueba cayera de forma abrumadora[31] sobre él. ¿Por qué no puedes hacer lo mismo con tu propio hijo? Eso no es favoritismo,[32] sino concederle la misma oportunidad que les das a los otros. Tal vez sea cierto que lo alcanzó una bala perdida mientras caminaba por la avenida Burgoyne. No es la primera vez que eso sucede. Y puede haber ganado cien o doscientos pavos[33] apostando a las carreras. Eso también le ha ocurrido a mucha gente antes de ahora. Pudo haber salido de casa de su novia a las diez y media, y eso no tiene por qué significar nada. Quizá estuvo matando el tiempo en cualquier otra parte hasta la medianoche y luego, al pasar casualmente por el lugar del atraco, lo alcanzó una bala perdida».

Pero la voz terrible de su experiencia resonaba como un trueno en sus oídos y ahogaba toda petición de misericordia: «¿Cuánto tiempo llevas en la policía? ¿Eres capitán o un novato recién salido de la escuela? Encontraste una colilla de marihuana junto a uno de los estancos atracados y otra de-

---

31 **abrumadora**: aplastante, agobiante.
32 **favoritismo**: actuar de manera que se beneficia de modo injusto a unas personas en perjuicio de otras.
33 **pavos**: dólares, en lenguaje coloquial.

lante de la puerta de tu casa. Al Fantasma lo hirieron por vez primera anoche, y esta noche has descubierto vendas ensangrentadas en tu propio cubo de basura. El joven Keene», pues ni siquiera mentalmente podía llamarle "hijo" cuando la voz del deber rugía en sus oídos, «dejó a su novia temprano, lo que sorprendió a la muchacha, porque eso no era lo habitual. Y, por si todo eso fuera poco, es zurdo como el atracador». La voz subió de tono hasta convertirse en un grito: «¿Qué más necesitas? ¿Es que no te parece suficiente? ¿Estás tratando de hacer la vista gorda? ¿No ves que todo está claro como el agua?».

Keene no podía soportar más aquel tormento. Involuntariamente, se tapó los oídos con las manos para no escuchar la voz de sus propios pensamientos, y sacudió la cabeza de un lado a otro con cara de angustia. Luego puso la foto en la mesa, sacó de su bolsillo un lápiz de punta afilada y ennegreció la cara de Charlie muy despacio, tapando las facciones desde las cejas hasta el mentón.

Ahora era un cuerpo, un cuerpo sin rostro que no podía reconocerse, una silueta como la de cualquiera de esas ratas que se dedican a atracar tiendas a punta de pistola y a matar a todo aquel que se les cruza en su camino.

Llamaron a la puerta, y por un momento la sombra de una mano asomó tras el vidrio esmerilado.[34] Keene se guardó la foto a toda prisa en un bolsillo y luego dijo:

—Adelante.

Era uno de sus subordinados, que entró para entregarle un informe.

Keene salió del despacho unos diez minutos más tarde para interrogar a los dependientes de la media docena de estan-

---

34 **esmerilado**: vidrio mate que deja pasar la luz pero no es transparente.

cos cuyas direcciones había anotado. Cada vez que sacaba la fotografía sin rostro, decía secamente:

—Échele un vistazo. Olvídese de la ropa y fíjese solo en las proporciones del cuerpo, en la estatura, en la anchura de los hombros y en la forma de la cabeza. ¿Se parece en algo al tipo que atracó su tienda?

Tres de las víctimas contestaron que sí sin dudar un solo instante:

—Sí, tiene la misma complexión...[35] Era alto y delgado como ese, y tenía los hombros anchos como él.

Otros dos declararon:

—Es difícil decirlo... Puede ser él o puede no serlo.

Solo uno de los seis dijo con firmeza:

—Es inútil que me pregunte, capitán; no sabría qué responderle. Si me lo trajera aquí y lo pusiera delante de mí, no podría decirle si era el tipo que me atracó. Estaba tan asustado que apenas pude ver nada.

Esta última respuesta no probaba nada, ni a favor ni en contra.

En una palabra: ninguno de aquellos seis testigos lo había identificado con seguridad, pero, dadas las circunstancias en que se produjeron los atracos, era imposible que lo hubieran podido reconocer en la fotografía. De haberlo identificado alguno de ellos, habría quedado como un mentiroso y un testigo muy poco fiable, pues para reconocer a un delincuente es preciso verle la cara. Y ninguno de ellos se la había visto. Pero lo malo del caso era que ninguno de ellos dijo que el atracador no fuera el hombre de la foto.

---

35 **complexión**: constitución, forma y volumen de los huesos y músculos de una persona.

Keene puso tres tildes, dos signos de interrogación y solo una cruz junto a los seis nombres de la lista. Ello significaba que el individuo sin rostro de la foto era un sospechoso, pues la ronda de entrevistas no lo había descartado por completo.

Keene regresó a casa pasada la medianoche. Llegó fatigado y hundido, y a duras penas se sostenía en pie. Arrojó el sombrero al colgador de la pared sin encender la luz; oyó que caía al suelo pero no se preocupó de recogerlo. Una franja de luz salía por debajo de la puerta situada a la derecha: Charlie, por lo tanto, se encontraba en casa aquella noche. Keene se dijo que tenía que haberlo supuesto, pues era el día siguiente… a la última vez.

Por la mañana, cuando salió al comedor, Keene encontró una taza sucia sobre la mesa. Miró la puerta de la habitación de Charlie y descubrió que nuevamente estaba cerrada.

—Ha salido —dijo Julie en voz baja en respuesta a la mirada de su esposo.

«Pero ha dejado la puerta cerrada con llave», pensó Keene; y poco después le preguntó a Julie:

—¿Cómo entras en su cuarto cuando tienes que limpiarlo?

—Últimamente parece que no quiere que se lo limpie —contestó ella de mala gana.

Keene guardó silencio hasta acabar el desayuno. Entonces apartó su taza, sacó su libreta y comenzó a hojearla.

Después de quitar la mesa, su esposa le preguntó:

—¿Hoy no vas a ir a la comisaría, Luke?

—Sí, pero más tarde —y, al alejarse su esposa, Keene la llamó—: Julie.

La mujer se dio la vuelta y regresó a la mesa.

—¿Me podrías traer el calendario que tienes colgado en la cocina, por favor?

Cuando ella se lo dejó en la mesa, Keene dijo con la misma voz serena y monótona:

—Julie, quisiera pedirte un favor.

—Lo que quieras, Luke.

—Tú tienes buena memoria. Siempre has tenido buena memoria para las fechas y los pequeños detalles. Piensa con atención y trata de recordar qué noches ha salido Charlie en las últimas semanas.

Julie se cubrió la boca con la mano, como si se hubiera llevado un susto de muerte.

—Luke… —gimió.

—No tengas miedo. No pasa nada. Si te pones nerviosa, no podrás pensar con claridad. Solo tienes que decirme los días de la semana en que Charlie ha salido; no es necesario que te

preocupes por las fechas. Tengo curiosidad por saberlo, eso es
todo.

—No es simple curiosidad, Luke; no trates de engañarme.

Julie se sentó frente a su marido y apoyó su frente en una
mano con gesto de consternación.[36]

—Salió anteayer por la noche —dijo con voz triste y apagada— para ver a Bernice…

Él bajó la vista, para evitar que sus ojos delataran lo que
ya sabía; pero no dijo nada.

—Y la semana pasada salió el viernes. Lo recuerdo porque
fue la noche que comimos pescado y, como Charlie no me avi-
só de que cenaría fuera, sobró y tuve que dárselo al gato.

---

36 **consternación**: pena muy grande.

La mujer siguió hablando monótonamente:

—También salió el lunes por la noche la semana pasada. Y la semana anterior salió, a pesar de que estaba lloviendo a cántaros... ¿Qué día fue eso? El jueves..., sí, fue el jueves... Recuerdo que me quedé muy preocupada por temor a que cogiera un resfriado...

Keene volvió a bajar la vista. Conforme Julie hablaba, Keene iba deslizando la mano a través del calendario, marcando con una cruz cada una de las fechas que su esposa mencionaba. Al fin, Julie calló.

—Ya no recuerdo más allá, Luke.

—Es suficiente —dijo él, ceñudo—.[37] Has repasado cuatro semanas, casi un mes.

Julie se levantó y salió del comedor sin decir palabra. Cuando cerró la puerta de la cocina, Keene la oyó sollozar.

El capitán abrió su libreta y comparó las fechas de los atracos del Fantasma con los días que acababa de marcar en el calendario. Al concluir, comprobó que todas las fechas coincidían. Al menos, hasta donde había recordado su esposa. Charlie salía con más frecuencia de la que actuaba el criminal, pero cada vez que se había producido un atraco, Charlie había estado fuera de casa. Ni una sola de las noches en que el Fantasma había hecho de las suyas Charlie había permanecido en casa. ¿Era necesario buscar más pruebas?

Cuando logró serenarse, Julie regresó al comedor. Había comprendido las sospechas de su marido.

—Habla con él, Luke —dijo la mujer con angustia—. Tal vez si le hablaras, si le demostraras que estás a favor de él y no en contra suya...

---

37 **ceñudo**: con el ceño fruncido, con cara de enfado.

—Es demasiado tarde, Julie.

—No podemos estar seguros, Luke.

—Yo sí lo estoy. Mi especialidad es el delito, y conozco todos sus entresijos.[38] Charlie está metido hasta el cuello en este asunto, demasiado metido para que pueda sacarlo a flote.

Keene se puso en pie. El tiempo de las indecisiones había concluido. Su rostro parecía tallado en granito; nada podría cambiar su gesto de dureza. Cerró la libreta negra y se la guardó en el bolsillo.

—No tengo mucho dinero. He sido un policía honrado, y los policías honrados nunca se enriquecen. Jamás he faltado a mi deber hasta ahora, pero hoy voy a cometer un acto deshonesto por primera vez en mi vida.

Keene arrojó algo sobre la mesa, delante de Julie.

—En ese sobre cerrado hay doscientos dólares. Doscientos dólares ganados honradamente. Dáselos cuando llegue, Julie. Di-

____

38 **entresijos**: partes ocultas o desconocidas.

le que se vaya de esta casa, que tiene tiempo hasta mañana por la noche. Y recuérdale de mi parte que vive en casa de un policía. Él sabrá lo que quiero decir. No estoy haciendo esto por él, Julie, ni tampoco para proteger mi buena reputación. Lo estoy haciendo por ti.

Tras decir esto, Keene se dio media vuelta y salió del comedor con la rígida lentitud de un sonámbulo.

Al día siguiente, Keene llegó a casa poco después de anochecer. Lo primero que vio fue el sobre, colocado en equilibrio sobre el pomo de la puerta de la habitación de Charlie. Se acercó despacio y lo cogió. Charlie no lo había abierto.

Al oír a su marido, Julie salió de la cocina y lo miró con detenimiento.

—Me pidió que te dijera que huir es algo que solo hacen los culpables —explicó, secándose los ojos con la punta del delantal—. ¡Desde luego, entre uno y otro me estáis matando!

—De modo que pretende sacar provecho del hecho de ser hijo mío —musitó Keene tristemente—. Cree que en ninguna parte estará tan seguro como aquí, ¿eh? Pues está muy equivocado. Su inmunidad[39] se ha agotado. Dame la llave de esa puerta.

—No la tengo.

—¿Dónde está?

—Charlie siempre la lleva encima, y acaba de salir.

Keene sacó su pistola dispuesto a hacer volar la cerradura.

—Luke —gimió su esposa—, los vecinos…

—Esto ya no es un asunto familiar, Julie, sino un caso policial. Pero, espera un momento, tengo algo que podría…

---

39 **inmunidad**: protección, situación de privilegio que impide que nadie pueda hacerle daño.

Keene volvió a enfundar su pistola, se dirigió a su habitación y regresó con una ganzúa.[40] La introdujo en la cerradura, y la puerta del cuarto de Charlie se abrió al instante.

—Vuelve a la cocina, Julie —dijo, girando la cabeza—. No te quedes ahí mirándome como si estuviera cometiendo un crimen —y acto seguido entró en la habitación de Charlie y cerró la puerta tras de sí.

La persiana estaba bajada, como siempre, fuera de día o de noche. Keene encendió la luz. A primera vista, la habitación no tenía nada de particular. Era un cuarto como otro cualquiera: una cama, una cómoda, un armario y un par de sillas. El espejo situado sobre la cómoda tenía dos corbatas colgadas y, encajada en un ángulo del marco, había una fotografía de Bernice Meredith. Keene frunció el ceño: sintió que el cuarto de un asesino no era el lugar adecuado para la fotografía de aquella joven encantadora.

Después abrió los cajones de la cómoda y pasó sus manos entre las pilas de camisas y de ropa interior de Charlie con la destreza[41] de un profesional. No se avergonzaba de lo que estaba haciendo: era un policía registrando el cuarto de un sospechoso.

En el fondo del último cajón encontró las balas..., eran del calibre[42] 38. Charlie debía de haberse llevado la pistola consigo, pues no aparecía por ninguna parte. Keene observó los proyectiles con mirada severa.[43] Pensó que cada uno de ellos podía acabar con la vida de un policía. Se los guardó en el bolsillo, pero aún no se dio por satisfecho.

---

40 **ganzúa**: alambre doblado en un extremo que sirve para abrir las cerraduras cuando no se tiene llave.

41 **destreza**: habilidad.

42 **calibre**: ancho, diámetro de la bala o del cañón del arma.

43 **severa**: muy seria.

El armario también estaba cerrado con llave, pero la ganzúa lo abrió con facilidad. Solo había un par de trajes, una chaqueta y un sombrero viejo. Keene revisó los bolsillos de la chaqueta, y de uno de ellos cayó una moneda de un centavo, que rodó por el suelo. Al recogerla, se dio cuenta de que tenía un pequeño agujero en el centro. Charlie no se había olvidado de vaciarse los bolsillos, sino que la guardaba a propósito, como un amuleto de la buena suerte.

«De poco le ha servido», pensó Keene meneando la cabeza.

En otro bolsillo encontró un papel; al sacarlo, vio que era un boleto de apuestas de las carreras. El caballo se llamaba Cavalier, y Charlie había apostado dos dólares por él. Eso coincidía con la explicación que le había dado Bernice…, aunque, en esta ocasión, Charlie no había ganado, pues de lo contrario no habría conservado la papeleta.

Por un instante, la seguridad que Keene tenía sobre la culpabilidad de su hijo se tambaleó. Otro golpe como aquel, por

ligero que fuese, y sus sospechas se desvanecerían por completo. El capitán sintió en su corazón una intensa punzada de gozo anticipado. Pero entonces su mirada se posó en algo que se encontraba en un rincón. Hasta aquel momento no lo había visto, pues estaba oculto tras los trajes. Era un papel enrollado y apoyado contra la pared del armario. Al cogerlo, sintió un pinchazo en el dedo, como si se hubiese clavado un alfiler. Se acercó a la lámpara para verlo mejor y lo desenrolló.

Era un plano de la ciudad, de los que venden en las librerías. En una esquina tenía clavado con un alfiler un pedazo de papel rectangular que parecía servir de referencia.

Keene llevó el plano hasta la cómoda, lo extendió y le puso un objeto en cada esquina para evitar que volviera a enrollarse.

La hoja prendida con el alfiler era delgada y en ella había un texto impreso en columnas verticales. Había sido arrancada del listín telefónico y era la página donde figuraban todos los estancos de la ciudad pertenecientes a una cadena bien co-

nocida. Más de un tercio de ellos estaba marcado con lápiz. Keene reconoció de inmediato algunas de las direcciones: Burgoyne y Craven, la calle Dieciocho y Tillary. Se trataba de los estancos que el Fantasma había atracado.

El plano tenía una aguja clavada en cada una de las direcciones señaladas en la lista, enmarcadas en el plano con un círculo trazado a lápiz. Y si eso no constituía ya una prueba concluyente, al lado figuraba la fecha de cada uno de los atracos, que, por supuesto, se correspondía con los días en que el Fantasma había actuado: cuatro de mayo, ocho de mayo, y todos los otros.

De pronto, mientras Keene comparaba los datos, algo le llamó poderosamente la atención. Había una aguja de más en el plano, una aguja que no se correspondía con ninguno de los atracos del Fantasma; tampoco Keene tenía apuntada aquella dirección en su libreta… aún. Esta vez, lo que había alrededor de la aguja no era un círculo sino un recuadro, que comprendía la esquina de las calles Haven y Darrow, un lugar que el Fantasma todavía no había visitado. Junto al recuadro, Charlie había escrito: «alrededor del 12 de mayo».

¡Y esa noche era el día 12!

Charlie no solo llevaba un registro meticuloso[44] de todos los atracos que había realizado, sino que incluso había señalado el siguiente. ¡Y lo había hecho allí, en su propia casa, en casa de un policía!

El método de Charlie era muy simple. Se limitaba a atracar los estancos de una cierta cadena en orden alfabético, tal y como aparecían en el listín telefónico: un detalle que se le había escapado a la policía. Al fin y al cabo, los estancos se re-

---

44 **registro meticuloso**: cuenta o anotación cuidadosa y detallista.

partían por toda la ciudad. Ninguna pista les había llevado a consultar el listín telefónico, pero hubiera bastado con echarle un vistazo para acabar de una vez por todas con las fechorías del Fantasma. Seguramente, Charlie preparaba sus golpes visitando el lugar elegido un día o dos antes del atraco y, si no quedaba convencido de las posibilidades de éxito, porque no le parecía que el botín valiera la pena o porque el local se hallaba en una zona demasiado concurrida,[45] pasaba al siguiente estanco de la lista.

Pues bien, el siguiente estaba situado en la esquina de las calles Haven y Darrow. Sin duda el robo iba a tener lugar aquel mismo día, alrededor de la medianoche.

Keene se enderezó lentamente. Cerró el puño y descargó un puñetazo sobre el plano.

—¡Ahora sí que lo hemos atrapado! —murmuró entre dientes.

Las pruebas bastaban para detener a Charlie en cuanto volviera a casa. Pero Keene debía tener en cuenta a su mujer. La pobre Julie tenía el corazón destrozado. No podía arrestar al chico allí, delante de ella. Charlie ya había cometido un asesinato, y no dudaría en volver a matar para evitar que le echaran el guante. Por tanto, lo mejor era detenerlo fuera de casa. Sin saberlo, el propio Charlie había señalado el lugar y la hora en que acabaría su carrera de delincuente, y allí encontraría su justo castigo.

Keene enrolló el plano, lo guardó en el oscuro rincón del armario donde lo había encontrado y cerró el armario con la ganzúa. Luego salió de la habitación dejando todo como lo había encontrado y cerró la puerta: la policía no puede permitir-

---

45 **concurrida**: con mucha gente.

se el lujo de advertir a sus enemigos de que les están pisando los talones.

—Creo que me he equivocado, Julie —dijo con voz apagada al salir.

Sabía que de esa manera su esposa no le contaría a Charlie que había registrado su habitación; de lo contrario, el muchacho cambiaría sus planes. La cara de Julie se iluminó de esperanza, pero Keene prefirió no mirarla.

—No, no me pidas que me quede a cenar —dijo lánguidamente—.[46] Tengo que irme en seguida. Me quedan todavía muchas cosas por hacer esta noche.

—Tienes mala cara, Luke. Seguro que esas cosas pueden esperar hasta que hayas comido algo.

—No —insistió Keene—. Tengo mucha prisa. He de resolver el trabajo más duro de toda mi carrera.

La voz de Julie sonó temblorosa a sus espaldas mientras Keene cruzaba el vestíbulo:

—Supongo que volverás tarde esta noche, ¿no?

—Sí, muy tarde —dijo el capitán, y luego añadió por lo bajo—: O tal vez no vuelva nunca.

Recogió su sombrero, se puso bien derecho y exhaló un hondo suspiro que parecía surgir de lo más profundo de su ser. Fuera de aquella casa no podía mostrar ningún síntoma de debilidad. En cuanto cruzase el umbral, dejaría de ser el padre de familia y se convertiría en el capitán Luke Keene.

Pero al abrir la puerta se encontró de frente con Charlie, que se disponía a entrar.

Por primera vez en varias semanas estaban cara a cara, en vez de encontrarse cada uno en un extremo opuesto de la ha-

---

46 **lánguidamente**: sin fuerza, sin viveza.

bitación. Se miraron con ojos vigilantes, tal y como había sucedido casi siempre en los últimos años. La proximidad de su hijo, sin embargo, le hizo flaquear en su determinación de actuar fríamente como el policía que era: «Tiene los ojos de Julie», se dijo. «Y su cara, haya hecho lo que haya hecho, es la cara que yo tenía hace veinte años».

Es difícil odiarse a uno mismo; es terrible querer acabar con uno mismo.

Por tres veces Keene intentó decirle algo, pero no logró pronunciar una sola palabra. Tragó saliva con dificultad y finalmente pudo decir en voz baja, casi inaudible:

—Charlie, no salgas esta noche.

Una rápida sonrisa iluminó la cara del muchacho, pero al instante padre e hijo se convirtieron de nuevo en dos enemigos resentidos.[47] La severa máscara de rencor había vuelto a ocupar su lugar.

Charlie cerró los puños y los apretó contra sus piernas. También él parecía tener dificultad para hablar.

—Si eso es lo que quieres, ten la seguridad de que saldré.

Keene atravesó el umbral y oyó que la puerta se cerraba a sus espaldas. No volvió la cabeza. Sus firmes pisadas resonaron en los peldaños de piedra. Ya no caminaba como un hombre viejo y cansado, como hacía últimamente. Todo síntoma de debilidad había quedado encerrado en su casa, detrás de aquella puerta. Su rostro no mostraba ningún rasgo de ternura; en su cuerpo no había una sola gota de sangre caliente. Había dejado de ser un hombre: era solo una insignia[48] y un arma que avanzaban con total decisión.

____

47 **resentidos**: que sienten rencor y enfado el uno por el otro.
48 **insignia**: placa o distintivo (aquí, de la policía).

A las diez y media, la intersección[49] de las calles Haven y Darrow estaba ya plagada[50] de policías. En cada portal se ocultaban dos o tres hombres armados. Las cuatro calles que se cruzaban en aquel punto quedarían bloqueadas en cuanto se diera la señal de que el Fantasma había atravesado el cordón de seguridad: la trampa iba a cerrarse a su paso. Sabrían quién era el delincuente en cuanto cometiese un acto de violencia…, aunque uno de los policías podría reconocerlo con los ojos vendados.

En cuanto entrara en la trampa, le resultaría imposible escapar. Las once era la hora fijada para cerrar el cordón. Cualquiera que entrase en la zona después de esa hora sería automáticamente considerado como sospechoso. A todo el que viviera allí e intentase salir lo obligarían a regresar a su casa, por muy urgente que fuese lo que tuviera que hacer. De lo con-

49 **intersección**: cruce de calles.
50 **plagada**: llena.

trario, podría difundirse la noticia de que la policía había tendido una trampa a un delincuente, y el asunto tal vez llegara a oídos de los periodistas.

Keene no dejaba de preguntarse si al advertirle a su hijo, en un momento de debilidad, que no saliera aquella noche, no habría echado a perder todo el plan. Pero no se arrepentía de haberle avisado.

Desde luego, se había movilizado a una gran cantidad de  policías para capturar a un solo hombre. Pero aquel delincuente había cometido dieciséis atracos a mano armada en poco más de un mes y había logrado un récord al escaparse de la policía en todas las ocasiones.

Keene estaba a cargo de la operación. Le había dicho al comisario que había recibido por teléfono un soplo[51] sobre el atraco que el Fantasma estaba a punto de cometer. Aseguró que conocía bien a la persona que le había informado y que era alguien digno de toda confianza. No le dijo nada más. Sabrían toda la verdad en cuanto concluyera aquella pesadilla.

Keene estaba convencido de que, si les hubiera dicho quién era el criminal, le habrían quitado el caso de las manos y habrían puesto a otro en su lugar. Lo hubieran hecho por su bien, pero para Keene hubiera sido un verdadero tormento, ya que lo único que no hubiese podido soportar aquella noche era quedarse en casa mano sobre mano, esperando a que le comunicaran que el caso estaba resuelto.

Keene se ocultó con dos de sus hombres en un oscuro callejón que quedaba entre dos edificios. Era tan estrecho que los tres policías habían tenido que situarse en hilera, porque no cabían uno al lado del otro. Se encontraba en la acera opuesta

---

51 **soplo**: denuncia.

a la del estanco, aunque no quedaba justo frente al establecimiento. Les había resultado imposible encontrar un escondrijo más cercano, ya que delante del estanco había una larga tapia que no ofrecía ningún lugar donde ocultarse.

A las once menos cuarto, Keene hizo una última ronda por todos los puestos de vigilancia y susurró a sus hombres sus últimas instrucciones:

—No os mováis hasta que lo haga yo. Y cuando me veáis salir, no os precipitéis hacia el estanco. Vuestra misión consiste en formar una cadena humana que impida la huida del asesino.

Al otro extremo de la calle Darrow, a una manzana del estanco, había un colmado.[52] La ronda de inspección llevó a Keene cerca de la tienda, pues el último puesto de vigilancia policial quedaba tan solo a un par de casas del colmado. El capitán no tenía por qué llegarse hasta esa tienda, pero se acercó, vio un teléfono público en su interior y, cuando se disponía a regresar a su escondrijo, decidió entrar en ella. Eran las once menos diez cuando telefoneó a su casa.

—Julie —dijo en un murmullo—, soy Luke. ¿Está Charlie en casa? ¿Sigue ahí?

—No, Luke. Ha salido.

Keene colgó sin decir nada más. Cuando salió de la tienda, una gota de sudor le resbalaba por la frente. Regresó al callejón en sombras y comenzó la espera en aquel escondrijo donde apenas podía moverse.

En el barrio reinaba un extraño silencio, que la presencia de la policía hacía más opresivo.[53] Los agentes de tráfico desviaban los coches que se dirigían hacia la esquina de las ca-

---

52 **colmado**: tienda de comestibles.
53 **opresivo**: que oprime, que angustia.

lles Haven y Darrow, en especial cuando se trataba de vehículos en cuyo interior hubiera mujeres o de grandes camiones que podrían convertirse en un obstáculo para la policía y una ventaja para el Fantasma.

Las luces de los comercios se fueron apagando poco a poco. Tan solo el estanco continuaba, como de costumbre, iluminado, aunque, contra lo que era habitual, no tenía un solo cliente. El dependiente no había sido advertido del plan que se había puesto en marcha. Antes de iniciar la operación, habían discutido en la comisaría sobre la conveniencia de sustituir al dependiente por un policía, pero habían llegado a la conclusión de que aquello podría echar el plan al traste. Sin duda el Fantasma preparaba sus golpes con todo detalle y espiaba las tiendas antes de atracarlas para familiarizarse con su rutina y con las costumbres del dependiente. Si veía una cara nueva detrás del mostrador la misma noche que había elegido para el atraco, sospecharía y tal vez se echara atrás. Por tanto, optaron por dejar al dependiente de siempre en su sitio. Además, decidieron no informarle de lo que iba a pasar, pues de lo contrario el Fantasma advertiría su nerviosismo y eso podía complicar las cosas. Hasta cierto punto, estaban poniendo en peligro la vida del empleado, pero consideraron que podrían intervenir con suficiente rapidez como para protegerlo.

La campana de una iglesia cercana dio las once y media. Comenzaba la etapa final del plan, pues el Fantasma se presentaba siempre hacia la medianoche. Para todos era una espera larga y tensa, pero para Keene resultaba una agonía insoportable. Hacía una noche fría, pero él seguía enjugándose[54] el sudor de la frente con la manga.

---

54 **enjugándose**: limpiándose, secándose.

Pensaba: «Espero que aparezca. Es lo mejor. Más vale que todo acabe de una vez. Sería mucho peor tener que regresar a casa, solo o con Burke y Massey, para arrestarlo... delante de Julie». Luego se preguntó: «¿Habrá algún medio de impedir que ellos sepan quién es, incluso después de detenerlo? ¿Y si le vaciase los seis cartuchos del cargador en la cara, para que no puedan reconocerle? No, aun así hay muchos otros medios de identificarlo. Pero ¿cómo voy a mirar a la cara a todos esos hombres que me conocen desde hace tantos años? No harán ningún comentario delante de mí, pero ¿cómo voy a soportar su compasión, un día tras otro, una semana tras otra? Puedo presentar mi dimisión,[55] pero eso no servirá de mucho, porque aun así tendré que seguir viviendo con mi dolor. Tal vez Charlie me dispare antes de que yo pueda dispararle a él. Eso sería lo mejor. Entonces, no tendría que afrontar el mañana. Pero él debe morir conmigo. No debe vivir para seguir matando policías». El capitán hizo un gesto de asentimiento para consigo mismo en la oscuridad. «Y si él no acaba conmigo, yo mismo me encargaré de darle muerte, o uno de mis compañeros se ocupará de ello. El último que quede».

Uno de los agentes que lo acompañaban en el callejón exhaló un largo suspiro de aburrimiento.

—Ya falta poco —murmuró Keene—. Ten paciencia.

El reloj de la iglesia dio las doce.

Alguien se acercaba por la calle Haven. Ya habían pasado un par de peatones con anterioridad, así que quizá tampoco este fuera el hombre que esperaban. Avanzaba junto a los edificios, pasando ante cada uno de los policías escondidos. Las sombras lo engullían[56] de tanto en tanto y, aunque las farolas

---

55 **dimisión**: renuncia.
56 **lo engullían**: lo ocultaban a la vista.

lo iluminaban a ratos, caminaba demasiado aprisa como para que pudieran identificarlo.

En aquel momento se apagaron las luces del escaparate del estanco, y tan solo quedó encendida una bombilla en el interior de la tienda. El dependiente debía de estarse preparando para cerrar el estanco y marcharse a su casa. Keene lanzó una

maldición entre dientes, porque la visibilidad en el exterior era casi nula.

El peatón continuaba su camino y se acercaba al cruce con la calle Darrow, donde se hallaba la policía. Un farol alumbraba la esquina; por desgracia, estaba situado en la acera opuesta a la que recorría aquel noctámbulo,[57] pero su luz bastaría para verle la cara. «Lo reconoceré en cuanto pase frente al farol», se dijo Keene.

---

57 **noctámbulo**: que pasea o hace otras cosas por la noche.

—Preparaos —ordenó en voz baja.

El peatón volvió la cabeza y observó con atención la calle a sus espaldas; luego avanzó unos pasos y miró hacia atrás por segunda vez. Eso lo convertía en sospechoso. Solo alguien que está tramando[58] algo toma tantas precauciones.

Al cabo, llegó al lugar iluminado por el farol. Keene asomó la cabeza y miró al peatón con tanta intensidad que parecía que los ojos se le fueran a salir de las órbitas. El tipo dio un rodeo para evitar el círculo de luz, de modo que el resplandor solo lo iluminó de cintura para abajo. Tenía unas piernas largas y llevaba un pantalón gris. El resto de su persona seguía en la sombra, pero Keene logró distinguir su porte[59] y su forma de caminar. Eran idénticos a los de Charlie, salvo alguna pequeña diferencia atribuible al nerviosismo o a la cautela[60] excesiva con la que caminaba.

La furtiva silueta[61] cruzó la calle Darrow y llegó al estanco justo cuando se apagaba la última luz en el interior. El tipo era de una precisión absoluta: debía de haber ensayado sus movimientos con toda exactitud, calculando hasta la última fracción de segundo, para llegar a la tienda en el momento justo en que lo hizo.

El dependiente abrió la puerta para salir justo cuando el otro daba un paso adelante para entrar en el estanco. Los dos hombres se quedaron inmóviles por un momento, y sus siluetas se fundieron en una. Ni siquiera Keene, que se encontraba más cerca del estanco que los otros agentes, advirtió el menor signo de violencia. No hubo ningún movimiento brusco ni nin-

---

58 **tramando**: preparando algo que perjudica o hace daño a alguien.
59 **porte**: apariencia o aspecto de una persona.
60 **cautela**: cuidado, prudencia.
61 **furtiva**: que se mueve con disimulo; **silueta**: figura, contorno.

gún gesto de amenaza. Los dos hombres permanecieron un instante de pie ante la puerta y luego entraron juntos en la tienda.

Pasaron diez segundos. La puerta se había cerrado, pero la luz del estanco no volvió a encenderse, y su interior permanecía a oscuras.

—Ha llegado el momento, muchachos —dijo Keene con los labios apretados mientras desenfundaba su pistola.

Un estruendo[62] sonó dentro de la tienda al tiempo que Keene salía de su escondite: el Fantasma había vuelto a matar. Lo que se había oído era el ruido de un disparo mortal que llegaba amortiguado[63] desde el interior. Había matado sin ninguna necesidad, por el solo placer de matar, pues con toda seguridad el dependiente no había opuesto resistencia en la oscuridad.

Cuando Keene se hallaba a medio camino, la puerta se abrió y se cerró con la rapidez de un parpadeo, y el dependiente salió solo, tambaleándose, como si hubiera recibido un empujón. Luego se desplomó sobre la acera, junto al bordillo, y allí se quedó, con la cabeza colgando, exánime.[64]

Keene corría en diagonal hacia el estanco, con la cabeza agachada y el arma en la mano. A sus espaldas, los pesados pasos de Burke y Massey resonaban al compás de los suyos, tratando de alcanzarle. Entonces se volvió para ordenarles que se detuvieran:

—Voy a entrar ahí dentro yo solo.

—Pero capitán, ¿para qué estamos nosotros aquí? —preguntó Burke.

---

62 **estruendo**: ruido fuerte.

63 **amortiguado**: atenuado, que se oye menos.

64 **exánime**: desmayado, sin dar señales de vida.

—He dicho que voy a entrar solo a detenerlo. Es una orden. Mantened la entrada bloqueada para que no pueda huir.

Keene dio por sentado que lo obedecerían, y así fue, porque no podía ser de otra manera. Keene llegó ante la puerta, y se quedó allí un instante, constituyendo un blanco perfecto tras el cristal, pues si bien el barrio estaba a oscuras, aún había más claridad en la calle que dentro del estanco.

Keene entró y cerró la puerta, tal y como había planeado. Ahora estaban los dos solos, frente a frente.

No podía ver nada, pero permaneció inmóvil y escuchó. Oyó una respiración agitada, como la de alguien que se siente acorralado. Estaba cerca, a medio camino entre Keene y el fondo del estanco.

El capitán apuntó el arma hacia el lugar de donde procedía aquel aliento delator,[65] justo delante de él. Tres veces presionó el gatillo, pero en las tres ocasiones acabó aflojando la presión, pues se sentía incapaz de efectuar el disparo. Sabía que su deber era disparar, pero algo en el fondo de su alma le impedía descargar la pistola. Al cabo, bajó el arma.

—Tú primero, Charlie —dijo con serena amargura—. Estoy aquí, delante de ti.

Antes de que acabara la frase, el fogonazo anaranjado de un disparo atravesó la oscuridad en dirección a Keene. El disparo hizo que el sombrero le saltara de la cabeza. Luego hubo una segunda detonación, pero entre una y otra el Fantasma había cambiado de lugar. La segunda bala procedía también del fondo, pero de un extremo opuesto del local, y erró el blanco por entero. Después, el asesino regresó a su posición inicial y disparó por tercera vez, pero volvió a fallar.

---

65 **delator**: que lo delataba o acusaba, que demostraba que estaba allí.

—Muy bien, Charlie —dijo Keene mientras levantaba el arma—, ya te he dado demasiadas oportunidades. Ahora me toca a mí.

Keene disparó hacia los dos lugares de donde habían salido el primer y el último disparo, justo delante de sí. Y una vez había empezado, ya no pudo detenerse: siguió disparando como si quisiese rematar bien su trabajo. Contó los disparos a medida que apretaba el gatillo: uno, dos, tres, cuatro, cinco. Algo que había caído pesadamente al suelo entre el primer y el segundo disparo, y que siguió moviéndose ligeramente entre el segundo y el tercero, acababa de quedar por completo inmóvil. Tras el quinto disparo del capitán, reinó el silencio en la tienda. Keene se había reservado la sexta bala. Esa era... para otra persona.

Sintió que todo había terminado.

Levantó el arma y la dirigió hacia su propia cabeza. Apoyó el cañón en su sien y mantuvo la mano firme. Apretó el gatillo, y se oyó un chasquido hueco contra su cráneo. ¡Había fallado!

«Ni siquiera tengo suerte en...», pensó mientras se disponía a intentarlo de nuevo.

Pero en ese momento oyó una voz que lo llamaba desde la oscuridad:

—¡Papá! ¡Por el amor de Dios, no lo hagas! ¿Es que te has vuelto loco?

Keene bajó el arma deslizándola por su mejilla derecha hasta que le quedó colgando de la punta de sus dedos. En el fondo de la tienda se encendió una luz, y el capitán vio a su hijo mirándole desde el exterior de la cabina telefónica del estanco, cuya bombilla se había encendido al cerrar Charlie su puerta.

En medio de ambos yacía un cuerpo sin vida; tenía el rostro cubierto con un pañuelo blanco que iba empapándose de sangre.

La pistola resbaló de los dedos de Keene, cayó al suelo y se disparó: la bala resquebrajó la baldosa a un par de centímetros de su pie. Pero ni el capitán ni su hijo se tomaron siquiera la molestia de mirarla.

Charlie estaba pálido y tenía cara de espanto.

—He visto al trasluz cómo levantabas el brazo —dijo con voz ronca—. ¿Qué diablos pretendías hacer? —su mirada se detuvo en el cuerpo inmóvil que yacía entre ambos—. Ya entiendo… —dijo, estremecido; y luego agregó—: supongo que los dos le hemos dado. Le he alcanzado después de que te disparase por vez primera, pero no creo que haya conseguido acabar con él. Debes de haberlo rematado tú.

—¿Co… cómo has entrado aquí? —preguntó Keene, que todavía no había logrado recuperarse de la sorpresa.

—Llegué a las nueve y media —dijo antes de señalar el cartel de «No funciona» colgado en la puerta de la cabina—. Me metí ahí dentro y me puse en cuclillas mientras el dependiente atendía a

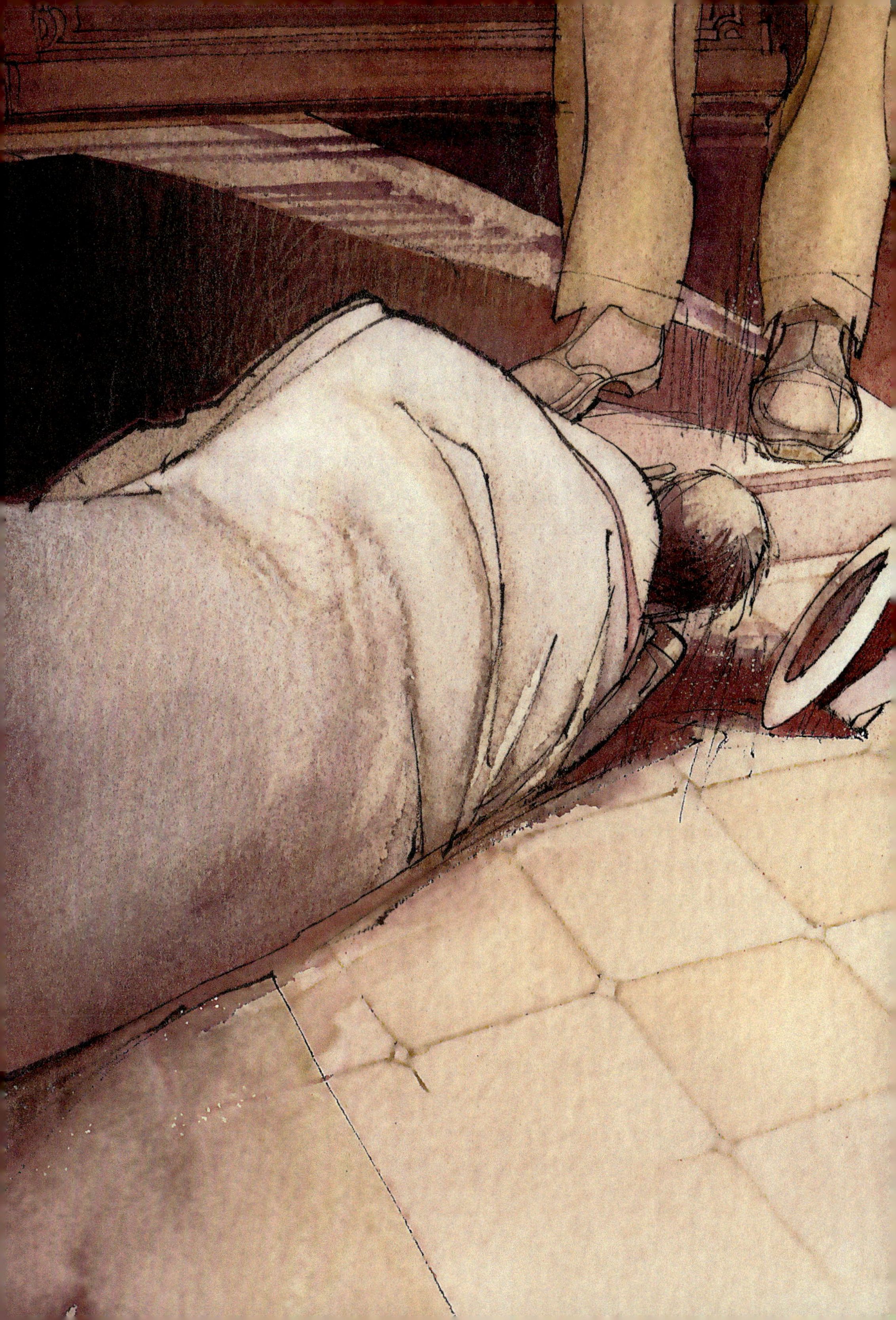

un cliente. Estaba dispuesto a quedarme encerrado en la tienda toda la noche con tal de detenerlo.

—¿Estabas decidido a arriesgar tu vida para atrapar al asesino, Charlie?

Charlie lo miró con una sonrisa:

—¿Qué habrías hecho tú si el policía cuya opinión más respetases te creyera un criminal? Solo podía demostrarte que yo no era el Fantasma cazándolo por mi cuenta.

Keene clavó la vista en el suelo.

—Tenía que matarlo en legítima defensa —siguió diciendo Charlie—. Salía en su búsqueda cada vez que sospechaba que el Fantasma iba a dar un golpe, con la esperanza de atraparlo, y también salí otras muchas veces que él no actuó. Pero siempre acababa en una zona de la ciudad alejada del lugar donde él llevaba a cabo sus atracos. Recogí una colilla de marihuana que había tirado en un portal cerca de uno de los estancos, y desde entonces anduve detrás de los vendedores de droga para conseguir alguna pista que me llevara a él. Pero no sirvió de nada.

»Estuve a punto de atraparlo la noche en que atracó el estanco de la avenida Burgoyne, pero me vi rodeado por el fuego cruzado entre la policía y él, y me hirió una bala perdida. El Fantasma se escapó a todo correr, y yo tuve que salir volando para que la policía no me confundiera con el asesino y me capturara. Luego, la otra noche, consulté el listín telefónico de la ciudad pensando que tal vez si seguía sus movimientos en el plano lograría descubrir qué parte de la ciudad utilizaba como base de operaciones. Eso era lo máximo que esperaba averiguar, pero descubrí mucho más. Me di cuenta de que el criminal, para cometer sus atracos, se guiaba por aquella misma página que tenía ante mis ojos. No podía creer que su método fuese tan simple: ¡se limitaba a seguir el orden alfabético! En un primer momento, pensé en contarte lo que había descubierto, pero entonces tú me ofreciste dinero para que me largara de casa. Entonces lo vi todo negro y comprendí que solo me quedaba una salida.

»Deduje el día aproximado de su siguiente atraco calculando el período de tiempo que transcurría entre dos golpes: nunca menos de tres días y nunca más de cinco. Seguramente necesitaba droga un par de veces por semana y entonces salía y realizaba sus atracos. Ayer hacía tres noches desde el último y, para asegurarme de que esta vez no se me iba a escapar, vine aquí anoche, pero el Fantasma no apareció. Si esta noche tampoco se hubiese presentado, habría regresado mañana para atraparlo.

Keene se volvió y vio que todos sus compañeros se apretujaban en la puerta abierta. Burke, Massey y los otros escuchaban embelesados[66] las palabras de Charlie. El capitán sacó pecho y cuadró los hombros.

—Ahí tenéis al Fantasma, muchachos —anunció con voz rotunda al tiempo que señalaba el cuerpo muerto—. Entrad y conoceréis al hombre que ha conseguido darle caza: mi propio hijo.

Keene miró a Charlie con orgullo mientras los demás rodeaban al muchacho para felicitarle palmeándole la espalda y acribillándolo a preguntas. Al fin, uno de ellos se dio la vuelta y preguntó:

—¿Y qué hace su hijo con ropa de paisano, capitán? Ha nacido para ser policía.

---

66 **escuchando embelesados**: escuchando con tanto placer que se olvidaban de todo lo demás.

Keene se rascó la nuca, desconcertado y sin saber qué decir. Charlie lo miró entonces con tímida ansiedad y le dijo:

—¿Te parece bien que me inscriba en la academia de policía y me presente al examen de ingreso?

Keene meneó la cabeza, con aire resignado:

—¡Cualquiera se atreve a decirte que no!

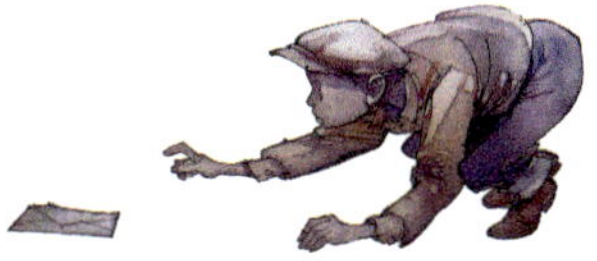

actividades

El ojo de cristal

Argumento

1 Frankie, el protagonista del relato, decide ayudar a su padre; ¿por qué cree que necesita ayuda? (págs. 12-14) ¿Qué casualidad pone una pista en sus manos? (pág. 10) ¿Qué le lleva a pensar que, en efecto, dispone de una pista? (págs. 16-22)

2 El muchacho sospecha del hombre del traje y decide seguirle el rastro. ¿Por qué piensa que el hombre tiene algo que ocultar? (págs. 29-30) ¿Qué consigue averiguar Frankie? (pág. 32)

3 Al día siguiente, Frankie y su amigo Scanny continúan la investigación. ¿Qué descubren mirando en los buzones y preguntando al portero del edificio donde vive el sospechoso? (pág. 34) ¿Qué hace el misterioso hombre cuando llega a la casa destartalada? (págs. 42-43)

4 Al marcharse Petersen de la casa, Frankie se decide a entrar. ¿A qué conclusiones llega antes el muchacho? (págs. 44-45). Aunque siente mucho temor, ¿qué le anima a entrar en la casa y qué dificultades encuentra para hacerlo y moverse por su interior? (págs. 45-48)

5 El hallazgo del cadáver es uno de los momentos más escalofriantes del relato. ¿Qué le hace a Frankie sobreponerse al miedo? (pág. 50) ¿Cómo comprueba que sus teorías acerca de lo ocurrido

131

con el ojo de cristal eran acertadas? (págs. 51-52) ¿Cómo consigue identificar al cadáver? (pág. 53)

6 La reaparición de Petersen, la persecución de Frankie por toda la casa y su posterior captura mantienen en vilo al lector. ¿Cómo se da cuenta el muchacho de que Petersen ha regresado? (págs. 55-56) ¿De qué modo intenta huir Frankie? (págs. 57-58) ¿Qué piensa hacer Petersen con el chico? ¿Cómo se comporta Frankie en esa situación desesperada? (págs. 59-62)

7 Cuando todo parece perdido para el muchacho, se produce una inesperada aparición. ¿Cómo consigue Frankie salvar la vida de su padre? (págs. 62-64) ¿Cuál es la reacción del chico, una vez en brazos de su padre? (pág. 65)

8 Al final, el padre de Frankie aclara los interrogantes que quedan por resolver. ¿Por qué Petersen había matado a Gregory y qué iba a buscar a la casa? (págs. 65-66) ¿Cómo averigua el padre de Frankie el paradero del niño (pág. 67) y qué consigue tras lo sucedido esa noche (pág. 68)?

Comentario

1 En los **relatos policíacos**, se suele cometer un delito o un crimen, un detective o un policía lo investiga y, tras descartar a varios sospechosos, descubre al criminal y aclara todo lo sucedido. Pero en *El ojo de cristal* no ocurre exactamente así:

¿Quién es el investigador?	...
¿Por qué decide investigar?	...
¿Lo hace tras descubrir el crimen?	...
¿Quién descubre al asesino?	...
¿Quién detiene al criminal?	...

2 Los hechos ocurren en **muy poco tiempo**. ¿Cuánto tiempo transcurre desde el comienzo del relato hasta el final?

3 En las primeras páginas se nos presenta a **Frankie**, el protagonista del relato. ¿Qué tipo de relación mantiene con su padre (pág. 11) y qué siente por él? ¿Qué está dispuesto a hacer por su padre y cómo se comporta a lo largo de su investigación?

4 El protagonista de la historia es, al mismo tiempo, el **narrador** del relato. ¿Crees que eso le da mayor emoción o interés a la historia? ¿Por qué? ¿Tendría la misma emoción si la contara otra persona? Razona tu respuesta.

5 La simpática personalidad del valiente Frankie y el hecho de que él mismo cuente lo que le ha ocurrido contribuyen a que **el lector se identifique con él** y **se angustie** con sus peripecias. ¿Te atrae a ti el protagonista? ¿Por qué? ¿Qué escenas del relato te han resultado más horribles o angustiosas? ¿Por qué? ¿Cómo contribuye el ambiente y la parte del día en que suceden los hechos a aumentar el miedo del lector?

6 La amenaza de un criminal sin escrúpulos, **Petersen**, hace más inquietante el relato. ¿Cómo mata Petersen a Gregory y qué hace con el cadáver? ¿Qué suerte puede aguardarle a Frankie cuando Petersen lo atrapa? El asesino no parece muy inteligente: ¿tenía Petersen alguna posibilidad de cobrar el cheque a nombre de Gregory? ¿Por qué?

7 La emoción del relato aumenta gracias al **suspense**, pues el autor nos mantiene en vilo respecto a lo que puede ocurrirle al protagonista. El suspense crece cuando Frankie entra en la casa destartalada. ¿Qué primer descubrimiento del chico relata con lentitud el autor? (págs. 45-48) ¿Qué siguientes episodios aumentan la tensión del lector?

Expresión

1   **Imagínate que eres Frankie** y, al día siguiente de tu aventura, vas al colegio y le **explicas a la clase todo lo ocurrido**. La profesora o el profesor interrumpirá tu narración cuando lo crea conveniente para que un compañero o compañera retome el relato donde tú lo has interrumpido.

2   El joven protagonista acredita su extraordinario **valor** en muchas situaciones del relato. Cuenta cómo reaccionarías si fueras tú quien se encontrara con el cadáver de Thomas Gregory.

3   A lo largo del relato, Frankie demuestra poseer una **gran imaginación** y una increíble **capacidad de razonamiento** lógico y deductivo, como hemos comprobado en la sección «Argumento» (apartados 1 a 5). Pongamos a prueba tu imaginación y capacidad deductiva. Piensa en cuál puede ser la procedencia de la armónica aplastada que intercambia Frankie e imagina cómo ha ido a parar a sus manos. Escribe la historia.

4   **Scanny**, el amigo de Frankie, es un personaje secundario y su intervención en el relato resulta muy poco lucida: como los padres lo tienen muy controlado, Scanny no acompaña a su amigo cuando empieza la aventura y el peligro crece. Imagina a un Scanny más independiente y valeroso y narra un **final distinto de la historia**, en el que el chico consigue seguir a Frankie hasta la casa e interviene para salvar a su amigo.

5   Frankie desconoce el significado de algunas palabras que su padre emplea, como «degradado» o «perseverancia», aunque intuye lo que significan; ¿sabes tú su significado? Vamos a comprobar si has aprendido el significado de algunas palabras que se anotan en el relato. Escoge, de entre las palabras siguientes, la más adecuada a cada frase:

sofocante	**remilgos**	**desmoronarse**
alféizar	**magullado**	**desvencijado**

a) La casa tiene un porche . . . .

b) El aire era allí más . . . .

c) Me molieron las costillas y me dejaron el cuerpo . . . .

d) Saqué el cuerpo por la ventana pero en el . . . . había un clavo.

e) Había pensado que la casa iba a . . . .

f) Comprendía que no tenía tiempo de andarme con . . . .

Charlie saldrá esta noche

Argumento

1 El capitán de policía Keene está muy preocupado porque no consigue atrapar a un peligroso delincuente. ¿Qué sabe la policía exactamente sobre él? (pág. 73) ¿Qué encuentra Keene en un portal cercano a la escena del crimen (pág. 76) y junto a la puerta de su apartamento (pág. 77)?

2 Tres noches después, Keene y su esposa Julie discuten acerca de su hijo. ¿De qué se queja el padre? (págs. 78-80) ¿Por qué Charlie se siente frustrado e infeliz? (pág. 80)

3 El Fantasma comete el primer crimen. ¿Qué importante dato le proporciona el dependiente del estanco a Keene antes de morir? (pág. 83) ¿Por qué el capitán comienza a sospechar de su hijo? (págs. 85-86) ¿Qué explicación le da Charlie sobre la causa de su herida? (pág. 88) ¿Qué palabras de Bernice convierten a su novio en sospechoso? (págs. 92-94)

4 Tras escuchar el relato de Bernice, el capitán Keene comienza a convencerse de la culpabilidad de su hijo. ¿Qué comprobaciones efectúa Keene para asegurarse de que Charlie es el atracador que busca? (págs. 96-98) ¿Lo identifican los testigos? (pág. 98) ¿Qué circunstancia parece convencer al policía de la culpabilidad de su hijo? (pág. 102)

5 Al día siguiente, Keene inspecciona la habitación de Charlie y encuentra pruebas que, a su entender, lo implican en los robos. ¿Qué pruebas lo acusan? (págs. 108-109) ¿Qué método utiliza el asesino para elegir los estancos? ¿Cómo averigua Keene dónde y cuándo va a producirse el próximo atraco? ¿Por qué Keene no detiene a su hijo? (pág. 109)

6 El capitán Keene, una vez tiene conocimiento del próximo objetivo del atracador, decide tenderle una trampa. ¿Por qué el dependiente del local no es advertido del plan de la policía? (pág. 116) ¿Qué piensa Keene mientras espera a que aparezca el Fantasma? (pág. 117) ¿Por qué decide el capitán entrar solo en el estanco? (pág. 121) ¿Qué sucede en el interior del establecimiento? (págs. 122-124)

7 Cuando Keene está a punto de suicidarse, la sorprendente aparición de su hijo lo detiene. ¿Cómo se ha ocultado Charlie en el estanco y por qué ha arriesgado su vida para desenmascarar al Fantasma? ¿Cómo descubre Charlie el método del atracador y la fecha de su próximo objetivo? (págs. 126-127)

Comentario

1 En este relato descubrimos hasta qué punto el **azar** puede perjudicar a una persona. En efecto, un conjunto de casualidades se acumulan y se convierten en **indicios** que acusan a Charlie: la colilla del cigarrillo de marihuana, la semejanza entre la apariencia física de Charlie y el asesino, la herida de bala… Enumera todas las falsas pruebas y di qué explicación tienen. ¿Se aclara todo? ¿Te parecen demasiadas coincidencias? A lo largo de la lectura del relato, ¿has creído en la culpabilidad de Charlie? ¿Hasta qué momento?

2 El **enfrentamiento entre padre e hijo** es uno de los asuntos mejor tratados en el relato. ¿Por qué están enfrentados? ¿En qué ocasiones y de qué modo se muestran la enemistad mutua? La actitud que adoptan, ¿te parece comprensible? Comentad entre todos lo que haríais si estuvierais en lugar del padre o del hijo. ¿Qué papel desempeña Julie, la esposa y madre, en ese conflicto?

3   Un tema importante del relato es el **dilema moral** que **Keene** se plantea al descubrir que su hijo puede ser un peligroso delincuente: por un lado, su responsabilidad como agente de la ley le obliga a detenerlo; por otro, el amor que, como padre, siente hacia su hijo le impulsa a protegerlo. Este conflicto interior entre el **sentido del deber** y el **amor** atormenta a Keene. ¿Qué siente el policía cuando sospecha por vez primera de su hijo? (págs. 86-90) ¿Cuál es su reacción ante cada nueva evidencia? (págs. 94-96, 103-104, 111 y 117) ¿Cómo intenta conjugar su sentido de la responsabilidad con su amor a Charlie? ¿Por qué decide suicidarse?

4   Los dos relatos de este libro están protagonizados por un agente de policía y su hijo. ¿Crees que tanto Frankie como Charlie tienen idealizada la figura del padre? ¿Sienten los dos muchachos lo mismo por sus respectivos padres? ¿Qué visión tienen de la policía? Razona tus respuestas.

Expresión

1   Un buen procedimiento para entender mejor a los demás es intentar ponerse en su piel, imaginarse que tenemos sus problemas. En este relato se nos describe un **conflicto familiar**. Todos los miembros de la familia lo pasan mal, y cada uno tie-

ne sus motivos. Imagínate que eres **Charlie**. Escríbele **una carta a tu novia** para explicarle tu problema.

2 También **los padres** sufren mucho. La madre intenta defender a Charlie, pues entiende la enorme frustración que siente su hijo al no poder llevar a cabo la ilusión de su vida. Pero al padre le horroriza la idea de perder a otro hijo. Sus razones las exponen en las págs. 78-80. Repasad esas páginas y dividíos en dos grupos: uno aportará más ideas para defender la postura de la madre (por ejemplo: "¿Qué profesión tiene el marido al fin y al cabo?") y otro grupo hará lo mismo respecto al padre (por ejemplo: "La profesión de policía no solo es peligrosa sino también muy sacrificada y mal retribuida"). Después las exponéis en clase. Para terminar, un alumno y una alumna aprenderán de memoria y dramatizarán la escena de las págs. 78-80. Añadid los argumentos que hayáis aportado.

3 En el apartado 3 de «Comentario» hemos analizado la lucha interior de Keene entre su sentido del deber y su amor de padre. Supón que eres un compañero del capitán Keene y que te has enterado de su situación. **Escríbele una nota anónima** para recomendarle qué debe hacer.

4 Ahora imagínate que te ves en **una situación similar**: supón, por ejemplo, que descubres que un amigo tuyo ha robado una copia de un examen y que el profesor afectado se da cuenta y trata de averiguar quién es el responsable. Intenta describir el dilema moral que supondría decidir entre encubrir a tu amigo o delatarlo, y explica el porqué de tu decisión final. Luego discute con el resto de la clase las distintas opciones.

5 Sabemos por Keene que su otro hijo, Dennis, murió mientras cumplía con su deber de policía, aunque en circunstancias que no están detalladas en el relato. Inventa la situación en que Dennis pudo morir y traza un breve resumen argumental de esa historia.

Cornell Woolrich (1903-1968)

El temor y la angustia que provocan los relatos de Cornell Woolrich quizás deban mucho a la atormentada vida de su autor. Nacido en Nueva York en 1903, Woolrich pasó su infancia en México, donde su padre trabajaba como ingeniero. A los doce años regresó a su ciudad natal tras el divorcio de sus padres. En 1921 ingresó en la Universidad de Columbia para estudiar periodismo, pero, a raíz de una enfermedad, empezó a escribir novelas y abandonó sus estudios. Muy pronto fue contratado por los estudios cinematográficos para la redacción de guiones y, una vez instalado en Hollywood, se casó con la hija de un magnate del cine. La pareja, sin embargo, no tardó en divorciarse porque Woolrich era homosexual, y, a partir de entonces, el autor vivió siempre con su madre en desangelados apartamentos de hotel. Woolrich jamás fue feliz: su compleja relación de amor-odio con la madre, unida a su adicción al alcohol, acabaron por minar seriamente su salud y, en 1968, el escritor murió de un ataque al corazón.

Aunque Woolrich es considerado como uno de los fundadores de la novela negra, su mayor contribución al género policíaco es la habilidad con que manejó el suspense en cientos de relatos protagonizados por víctimas inocentes que han de afrontar un destino adverso. Muchas de sus mejores novelas, como *La mujer vestida de negro* (1940), *La ventana indiscreta* (1942) o *La noche tiene mil ojos* (1945) fueron llevadas al cine por directores tan famosos como Alfred Hitchcock y François Truffaut.